COLLECTION FOLIO

Ryûnosuke Akutagawa

La vie d'un idiot

précédé de

Engrenage

Traduit du japonais
par Edwige de Chavanes

Gallimard

Ces nouvelles sont extraites
de *La vie d'un idiot et autres nouvelles*
(Connaissance de l'Orient n° 61).

Né à Tôkyô en 1892 dans un vieux quartier du Nihombashi, Ryûnosuke Akutagawa est élevé par la famille de sa mère, devenue folle. Il grandit dans un milieu traditionnel que la vague d'occidentalisation n'a pas encore touché. Akutagawa est bercé par les cultures japonaise et chinoise et connaît très tôt leurs grands classiques littéraires. Dès son entrée au lycée, il se passionne pour la littérature occidentale et découvre Yeats, Ibsen, Baudelaire, Strindberg, Mérimée, Anatole France. Il entre à la faculté de Lettres en 1913, et publie sa première nouvelle, *Vieillesse*, en 1914, puis *Rashômon* en 1915 que le cinéaste Akira Kurosawa portera remarquablement à l'écran en 1950. C'est d'ailleurs par le biais de ce film magistral que le public français découvre Akutagawa.

Il écrit ensuite *Le nez, Gruau d'ignames, Un enfer de solitude* (1916), *Le rapport d'Ogata Ryôsai, L'illumination créatrice, Le fil d'araignée, Figures infernales*, puis, après avoir séjourné en Chine, *Chasteté d'Otomi* et *Dans le fourré* en 1922.

Son état de santé s'aggrave rapidement dans les années qui suivent. Neurasthénique, insomniaque, sujet à de nombreux troubles gastriques, il est angoissé, déchiré, il craint de sombrer dans la folie, comme sa mère avant lui.

Son œuvre se compose essentiellement de nouvelles dans lesquelles la langue est riche, précise, les phrases ciselées.

Les dernières, écrites en 1927 et publiées à titre posthume, sont poignantes : on y lit tout le désespoir d'un homme rongé par l'angoisse et hanté par la folie.

Akutagawa se suicide en 1927, en laissant ces deux mots « vague inquiétude » en guise de testament. En exergue de *La vie d'un idiot*, journal autobiographique reprenant la forme des haïkus, il écrit :

« Je vis à présent dans le plus malheureux des bonheurs. Mais, aussi étrange qu'il puisse paraître, je ne regrette rien. Je plains seulement ceux qui ont eu le mauvais mari, le mauvais fils, le mauvais père que je suis. Alors adieu. Dans ce manuscrit, je ne pense pas avoir, du moins *consciemment*, plaidé ma cause. »

Emblématique du Japon en pleine mutation dans la première moitié du XXe siècle, ce Japon des premières années de l'ère Meiji (« gouvernement éclairé ») qui s'ouvre vers l'extérieur et qui a du mal à concilier ses traditions et la modernité venue de l'Occident, Akatagawa incarne cette difficulté de réussir la fusion littéraire entre son pays et l'Occident.

Découvrez, lisez ou relisez les livres de Ryûnosuke Akutagawa :

RASHÔMON ET AUTRES CONTES (Folio 2 € n° 3931)

ENGRENAGE

Haguruma

1
MANTEAU DE PLUIE

Je demandai au taxi de me conduire aussi vite que possible jusqu'à une certaine gare du Tôkaidô ; emportant avec moi ma serviette, je quittais ainsi une station climatique située plus à l'ouest pour me rendre à la réception de mariage de l'une de mes connaissances. D'interminables rangées de pins se succédaient le long de la route. Mes chances d'attraper le train de Tôkyô étaient à vrai dire fort minces. La voiture transportait avec moi un autre passager – le patron d'un salon de coiffure. Rondouillard comme un jujube, il portait une courte barbiche. Préoccupé par l'heure, je discutais avec lui à bâtons rompus.

– Il se passe quand même parfois des choses bizarres ! Il paraît que dans la propriété des X, un fantôme fait des apparitions même en plein jour.

– Ah oui ? Même en plein jour !

Je lui donnais distraitement la réplique, les yeux fixés devant moi sur la montagne couverte de pins où tombaient les rayons hivernaux du couchant.

– Mais apparemment, il ne se montre pas les jours de beau temps. C'est les jours de pluie que ses apparitions sont, semble-t-il, les plus fréquentes.

– Les jours de pluie ? Il vient peut-être prendre une petite douche !

– Vous plaisantez... Mais à ce qu'on dit, ce fantôme, eh bien, il porterait un manteau de pluie !

Sur un coup de corne, l'automobile alla se ranger en bordure de la gare. Quittant là mon compagnon de route, je me précipitai dans le hall : c'était à prévoir, le train de Tôkyô venait juste de partir deux ou trois minutes plus tôt. Seul sur un banc de la salle d'attente, un homme en manteau de pluie regardait dehors d'un air absent. L'histoire du fantôme racontée par le coiffeur me revint à l'esprit, réussissant d'ailleurs tout juste à m'arracher un sourire. Enfin ! Je pris finalement le parti d'attendre le train suivant dans le café en face de la gare.

À dire vrai, l'endroit en question méritait à peine l'appellation de « café ». Je m'installai à une table du fond et commandai un chocolat. La table était couverte d'une toile cirée grossièrement quadrillée de fines rayures sur fond blanc. Mais déjà, aux quatre coins, l'usure dénudait un canevas crasseux. Tout en buvant mon chocolat qui avait un goût de vernis, je laissais errer mon regard autour de la salle déserte. « Riz omelette », « Côtelette » ; des pancartes diverses étaient collées sur les murs poussiéreux. « Œufs du pays, Omelette » : cet écriteau résumait pour moi tout ce coin de campagne en bordure du Tôkaidô – une campagne où entre les champs de blé et les champs de choux passaient des locomotives électriques…

Quand le train de Tôkyô suivant entra en gare, il faisait déjà presque nuit. J'avais l'habitude de voyager en deuxième classe, mais pour je ne sais quelle raison, je montai ce jour-là en troisième.

Le train était passablement bondé et je me retrouvai finalement noyé au milieu d'un essaim de fillettes, des collégiennes qui devaient revenir d'une excursion quelconque, à Ôiso peut-être. J'allumai une cigarette et me mis à observer avec curiosité cette petite bande. Plus pétulantes de vie les unes que les autres, elles ne s'arrêtaient pour ainsi dire pas une seconde de babiller.

– Monsieur le photographe, « *love scene* », c'est quoi ?

Assis devant moi, « Monsieur le photographe », qui avait dû être de la randonnée, noya le poisson comme il put. Mais l'une des collégiennes dans les quatorze, quinze ans n'en continua pas moins à le harceler de questions. Il me sembla soudain qu'elle souffrait d'un empyème nasal et je ne sais pourquoi, cette découverte me fit sourire. À côté de moi, une autre fillette de douze ou treize ans était assise sur les genoux de la jeune maîtresse. Un bras autour de son cou, elle lui caressait la joue de l'autre main ; interrompant par instants son bavardage avec ses camarades, elle lui disait :

– Maîtresse, vous êtes adorable ! Vous avez des yeux adorables !

Je n'avais pas l'impression d'avoir affaire à de petites collégiennes mais bien plutôt à de vraies femmes. Mis à part les pommes qu'elles croquaient avec la peau et les caramels qu'elles dépiautaient de leur papier… Comme elle passait à côté de moi, l'une d'elles qui paraissait plus âgée marcha semble-t-il sur le pied de quelqu'un. Elle s'écria :

– Toutes mes excuses !

Elle fut bien la seule, en raison même de sa maturité, à me faire l'effet d'une collégienne. Ma cigarette au coin des lèvres, je ne pus m'empêcher de me trouver ridicule, avec mes contradictions.

Le train où les lumières étaient maintenant allumées s'arrêta enfin en gare d'une localité de banlieue. Je descendis ; une bise glaciale soufflait sur le quai. J'avais l'intention de prendre le tram de l'autre côté du pont. Or, le hasard voulut que je me retrouve là nez à nez avec T., employé chez X. En attendant le tram, nous nous mîmes à parler de la mauvaise situation économique ; T. était évidemment plus éclairé que moi sur le problème. Mais mon regard tomba soudain sur sa main boudinée où brillait une turquoise parfaitement étrangère à la crise.

– Dis-moi, ce n'est pas mal ce que tu as au doigt !

– Ça ? Je l'ai rachetée à un ami parti faire du commerce à Harbin. Les affaires avec la coopérative ont fini par ne plus marcher et il se trouve maintenant dans un drôle de pétrin !

Le tram où nous étions montés n'était par chance pas aussi bondé que le train. Nous continuions à bavarder, assis l'un à côté de l'autre. T. était rentré à Tôkyô au printemps, quittant le poste qu'il occupait jusqu'alors à Paris. La capitale de la France était ainsi naturellement au centre de notre conversation ; Madame Caillaux, la cuisine au crabe, le voyage d'une Altesse royale…

– Tu sais, la situation en France n'est pas aussi fâcheuse qu'on le dit. Mais vu que les Français ne sont par principe jamais pressés de payer leurs impôts, eh bien, forcément, le gouvernement tombe à tous les coups !

– Oui mais le franc s'est complètement effondré !

– Ça, c'est ce que racontent nos journaux. Si tu voyais tout ce qu'on écrit là-bas sur le Japon ! Il ne devrait pas se passer un jour sans tremblement de terre ou raz de marée !

À ce moment-là, un homme en manteau de pluie vint s'installer en face de nous. Légèrement troublé, je fus soudain tenté de raconter à T. l'histoire du fantôme. Mais sans m'en laisser le temps, T. fit pivoter le pommeau de sa canne vers la gauche ; la tête penchée sur le côté, il me chuchota :

– Tu vois la femme là-bas, avec un châle de laine gris ?…

– Celle qui est coiffée à l'européenne ?

– C'est ça, celle qui tient sur ses genoux un petit ballot. Eh bien, cet été, je l'ai vue à Karuizawa ! Et joliment fringuée à l'européenne si tu me crois !

La femme était pourtant, sans conteste, on ne pouvait plus misérablement vêtue. Je l'observais à la dérobée en continuant à parler avec K. Quelque chose entre ses sourcils donnait à son visage une expression démente ; et de son ballot dépassait de surcroît une éponge, comme un lambeau de peau de panthère.

– Et dire qu'à Karuizawa elle dansait avec un jeune Américain ! *A modern*… ah ! Comment est-ce qu'on dit déjà ?

Quand je quittai T., l'homme au manteau de pluie n'était déjà plus là.

Mon bagage à la main, je fis à pied le trajet qui séparait la gare de l'hôtel. Des rangées d'immeubles bordaient la rue sur presque tout son long. Tandis que je marchais, l'image de la forêt de pins resurgit soudain devant mes yeux. En même temps, je découvris dans mon champ de vision une chose insolite. Insolite ?… C'étaient des rouages à demi transparents qui tournaient tournaient inlassablement. J'avais déjà, plus d'une fois, fait l'expérience de ce phénomène. Le nombre des rouages augmentait progressivement, finissant par me boucher la vue à demi. Mais cela ne durait guère, juste quelques instants, et déjà ils commençaient à s'effacer ; la migraine prenait alors la relève. Le même processus se répétait chaque fois. L'ophtalmologue m'avait maintes fois prescrit à cause de cette illusion optique (?) d'arrêter de fumer. Mais je savais, moi, que je voyais déjà ces rouages avant d'avoir vingt ans, à une époque où je n'avais même encore jamais goûté au tabac. Je me dis : « Ça y est, ça recommence ! » et pour mieux vérifier l'acuité de l'œil gauche, je masquai le droit d'une main. L'œil gauche n'avait effectivement rien. Mais sous la paupière de l'œil droit, une infinité de rouages continuaient à tourner. Je poursuivais ma route d'un pas vif en voyant les immeubles du côté droit s'estomper peu à peu.

Quand je pénétrai dans le hall de l'hôtel, les rouages avaient déjà disparu, mais la migraine persistait encore. Je déposai manteau et chapeau et en profitai pour réserver une chambre. Après quoi, je passai un coup de téléphone à l'éditeur d'une certaine revue pour régler des questions d'argent.

Le repas de noces était visiblement commencé depuis fort longtemps. Je pris place à un bout de table et entrepris de manger le contenu de mon assiette. Les tables disposées en U et couvertes de nappes blanches réunissaient autour des mariés assis aux places d'honneur une cinquantaine de convives ; il va sans dire qu'une joyeuse humeur régnait sur toute l'assemblée. Mais sous la lumière éblouissante des lampes, je me sentais quant à moi devenir de plus en plus morose. Je décidai donc, avec l'espoir que ce sentiment se dissiperait peut-être, d'entamer la conversation avec mon voisin de table, un vieux monsieur avec des favoris blancs qui lui faisaient une tête de lion. C'était un éminent sinologue que je connaissais de nom. Nous fûmes ainsi naturellement portés à parler de littérature classique.

– Le *kilin* n'est finalement rien d'autre que la licorne. Quant au *fenghuang*, eh bien, c'est le phénix sous un autre…

Le célèbre sinologue semblait goûter mon bavardage. Mais alors que je discourais ainsi de façon purement mécanique, je fus soudain pris d'un irrépressible et maladif désir de destruction : je me mis à raconter qu'il tombait sous le sens que Yao et Shun étaient des personnages fictifs, sans parler de l'auteur du *Chunqiu* qui avait, lui, manifestement vécu à l'époque des Han bien postérieure à celle que l'on présumait. Une franche expression de contrariété se peignit alors sur le visage du sinologue ; évitant de me regarder, il coupa court à mes propos par un mugissement de fauve :

– Nier l'existence de Yao et de Shun implique que Confucius aurait menti. Or un Sage ne saurait mentir !

Je ne répliquai évidemment rien. Puis, reprenant couteau et fourchette, je m'apprêtais à attaquer le morceau de viande posé sur mon assiette quand j'aperçus au bord du bifteck un ver minuscule qui se tortillait tranquillement. L'asticot fit aussitôt surgir dans mon esprit le mot anglais *worm*. Comme ceux de *kilin* ou de *fenghuang* le mot ne pouvait nécessairement que désigner un animal mythique. Je reposai couteau et fourchette, les yeux fixés sur la coupe de champagne qu'on me remplissait.

Le banquet fut enfin terminé. Je partis à travers le corridor désert rejoindre la chambre que j'avais réservée. Ce couloir me faisait davantage songer à une prison qu'à un hôtel. Grâce au ciel, la migraine s'était, elle au moins, sensiblement atténuée.

On avait apporté dans ma chambre chapeau, manteau et sacoche. Quand j'aperçus le manteau accroché au mur, j'eus l'impression de me voir moi, debout. Je m'empressai de le fourrer à l'intérieur de l'armoire qui se dressait dans un coin de la pièce. Je m'approchai alors du miroir et restai longuement à contempler mon double. Le miroir reflétait un visage osseux et décharné. L'image d'un asticot se dessina alors nettement dans la tête de l'homme qui se trouvait devant la glace.

J'ouvris la porte, sortis dans le couloir et me mis à marcher sans savoir au juste où j'allais. Mais soudain, j'aperçus dans le coude que formait le corridor avant de déboucher sur le hall d'entrée un grand lampadaire coiffé d'un abat-jour vert ; son image éclatante se reflétait dans une porte en verre. Elle avait, me sembla-t-il, le pouvoir d'apaiser mon esprit. Je pris un siège devant la lampe et commençai à réfléchir à toutes sortes de choses. Mais il devait être écrit que je ne pourrais bénéficier de cinq malheureuses minutes de répit : un manteau de pluie, encore, était posé sur le dossier du fauteuil voisin avec une négligence on ne pouvait plus délibérée.

« Un manteau de pluie, par ce froid de loup ! » La tête bourdonnante, je repris le corridor en sens inverse. Au fond du couloir, la pièce réservée au personnel était déserte. Pourtant, au passage, un bruit furtif de voix effleura mon oreille. À je ne sais quelle question, on venait de répondre en anglais : « *All right !* » – All right ? L'esprit en alerte, j'essayais maintenant de saisir le sens exact de cette conversation. All right ! All right ! Qu'est-ce qui au juste pouvait bien être ALL RIGHT ? !

Aucun bruit, forcément, ne filtrait de ma chambre. Pourtant, l'idée d'ouvrir la porte et d'y entrer me donnait étrangement froid dans le dos. J'hésitai un instant puis franchis résolument le seuil. Évitant de regarder le miroir, je m'installai sur la chaise devant la table – une chaise longue tendue d'un maroquin vert qui avait l'aspect d'une peau de lézard. J'ouvris ma serviette et en sortis du papier, bien disposé à poursuivre la rédaction d'une nouvelle que j'avais en cours. Mais le temps passait et le stylo que j'avais pourtant rempli d'encre restait inerte. Quand il se décida enfin à courir sur le papier, il se mit à aligner à l'infini la même suite de mots : All right All right All right All right…

Une sonnerie retentit tout à coup. C'était le téléphone à côté du lit. Saisi, je me levai et décrochai :

– Qui est à l'appareil ?

– C'est moi. Je…

La fille de ma sœur parlait à l'autre bout du fil.

– Qu'est-ce qui se passe ? Il est arrivé quelque chose ?

– Oui, il est arrivé une chose terrible. Et donc… Il est arrivé une chose terrible, je viens juste de téléphoner à ma tante.

– Une chose terrible ?

– Oui. Vous devez revenir immédiatement. IM-MÉ-DIA-TE-MENT !

La communication fut coupée sans un mot de plus. Je reposai le combiné et, par une sorte de réflexe, appuyai sur la sonnette. J'avais cependant parfaitement conscience que ma main tremblait. Le chasseur ne se pressait pas de venir. Plus oppressé qu'excédé, j'appuyai et réappuyai sur la sonnette ; tout en saisissant enfin le sens de ces mots que le destin avait mis sur mon chemin : All right !

L'après-midi de ce jour-là, le mari de ma sœur s'était jeté sous un train en rase campagne près de Tōkyō. On l'avait trouvé vêtu d'un manteau de pluie peu approprié à la saison. Et puis voilà, je me retrouvais à nouveau dans cette chambre d'hôtel à poursuivre la rédaction du même récit. Personne, pas un bruit de pas dans le couloir plongé dans les ténèbres de la nuit. Mais parfois, derrière la porte, j'entendais comme un bruit d'ailes. Peut-être élevait-on quelque part des oiseaux.

2
VENGEANCE

Je me réveillai vers huit heures du matin dans ma chambre d'hôtel. Or, quand je voulus me lever, je ne trouvai bizarrement qu'une seule pantoufle – un phénomène qui depuis un ou deux ans m'inquiétait, me terrorisait et me faisait immanquablement songer à ce prince de la mythologie grecque chaussé d'une seule sandale. J'appuyai sur la sonnette pour appeler le garçon, résolu à lui demander de retrouver la pantoufle manquante. Il se mit à chercher d'un air suspicieux dans tous les coins et recoins de la chambre par ailleurs fort étroite.

– La voilà ! Elle est dans la salle de bains.

– Comment diable est-elle allée se fourrer là-bas !

– Oh ! Une souris peut-être !

Le garçon parti, j'avalai un café noir et me remis au travail. La fenêtre carrée encadrée de tuf donnait sur le jardin enfoui sous la neige. Chaque fois que je reposais mon stylo, mon regard se perdait, comme absorbé par toute cette neige. Sous les daphnés couverts de bourgeons, elle était souillée par la suie de la ville. Ce spectacle me faisait étrangement mal. Tout en fumant une cigarette, je songeais, la plume immobile, à toutes sortes de choses – à ma femme, à mes enfants, et surtout au mari de ma sœur…

Avant qu'il ne se suicidât, on l'avait suspecté d'incendie volontaire. Rien d'étonnant à cela d'ailleurs : il n'avait pas plus tôt contracté une police d'assurance pour une valeur deux fois supérieure à celle de sa maison que celle-ci flambait ! Et comme de surcroît il venait d'être condamné avec sursis pour faux témoignage… Mais l'angoisse qui m'étreignait venait moins de son suicide que des incendies dont j'étais témoin chaque fois que je rentrais à Tôkyô. Une fois cela avait été la montagne que l'on brûlait alors que je passais en train ; une autre fois le quartier de Tokihabashi que j'avais vu flamber de la fenêtre d'une voiture (de plus, ce jour-là, ma femme et mes enfants se trouvaient avec moi). Avant même que la maison de mon beau-frère ne brûlât, tous ces incidents avaient déjà fini par éveiller en moi un sinistre pressentiment.

– J'ai comme l'impression que cette année la maison va brûler.

– Ne parle pas de malheur ! Ce serait une véritable catastrophe, mal assurés comme nous le sommes !

Il m'arrivait d'en parler à ma femme. Mais ce n'était pas ma maison qui avait brûlé… – Je repris mon stylo dans l'espoir de chasser de mon esprit toutes ces chimères, mais c'est à peine si je pus laborieusement avancer d'une ligne. Je quittai finalement le bureau et, m'allongeant sur le lit, entrepris de lire *Polikouchka* de Tolstoï. La personnalité du héros était faite d'un mélange de vanité, d'ambition et d'inclinations plus ou moins maladives – une personnalité pour tout dire fort complexe. Avec tout juste quelques retouches, la tragi-comédie de sa vie aurait d'ailleurs pu être une caricature de ma propre vie. Je frissonnais comme si à travers ce personnage le destin me riait en pleine figure. Une heure s'était peut-être écoulée ; bondissant à bas du lit, je lançai de toutes mes forces le livre qui alla échouer dans les rideaux au fond de la chambre.

– Ordure !

Traversant en biais le parquet, une énorme souris sortit des replis du rideau pour aller se réfugier dans la salle de bains. Je ne fis qu'une enjambée et, ouvrant la porte, je me mis à chercher dans tous les coins : pas l'ombre d'une souris même sous le tub émaillé de blanc. Soudain pris de panique, j'enfilai mes chaussures et me jetai dans le couloir désert.

Ce jour-là comme les autres, le corridor était aussi sinistre qu'une prison. La tête pendante, je montais et descendais des marches ; je me retrouvai dans les cuisines. Elles étaient relativement claires. Rangés d'un seul côté, plusieurs fourneaux étaient pourtant allumés. Je traversai la pièce, sentant peser sur moi le regard glacé des cuistots en toque blanche – le poids de l'enfer dans lequel j'étais tombé. « Seigneur, punis-moi. Mais ne me frappe pas de ton courroux. J'en périrais. » Mes lèvres balbutiaient inconsciemment cette prière.

Je quittai l'hôtel. Je marchais à grands pas en direction de la maison de ma sœur à travers les flaques de neige fondue qui reflétaient le ciel bleu. Dans le jardin public que longeait le chemin, le feuillage et les branches des arbres étaient tout noirs. Les arbres avaient de surcroît la même configuration que n'importe quel être humain, avec un dos et un côté face. J'en éprouvais plus qu'un malaise : une sorte d'effroi. Songeant à l'esprit qui dans l'enfer de Dante s'était transformé en arbre, je décidai de marcher de l'autre côté de la ligne de tram presque uniquement bordée d'immeubles. Mais là non plus je ne pus pas faire trois pas en toute tranquillité.

– Veuillez m'excuser de vous aborder ainsi dans la rue mais…

Je fus interpellé par un étudiant de vingt-deux-vingt-trois ans en uniforme à boutons dorés. Je le fixai sans mot dire. Un grain de beauté était planté sur l'aile gauche de son nez. Sa casquette à la main, il se hasarda, timide :

– Ne seriez-vous pas Monsieur A. ?

– Lui-même.

– C'est bien ce qu'il me semblait…

– Vous désirez ?

– Oh rien ! J'avais seulement tellement envie de vous rencontrer ! Je suis, maître, l'un de vos lecteurs…

Prenant tout juste la peine de soulever mon chapeau, je me remis à marcher, le plantant là derrière moi. Maître ! maître ! C'étaient à ce moment de ma vie les mots les plus exécrables que je pusse entendre. Alors que j'avais commis tous les crimes possibles et imaginables, c'était plus fort que tout, il fallait qu'ils me donnent du « maître » à tout propos ! J'avais l'impression tangible que quelque chose, là, me narguait. Quelque chose, mais quoi ? Le matérialisme que je professais réfutait sans appel tout mysticisme. Deux ou trois mois plus tôt, j'avais d'ailleurs déclaré dans la petite revue d'un club littéraire : « À commencer par celle de l'art, je ne possède aucune conscience morale. Je ne possède qu'une chose : des nerfs… »

Ma sœur s'était réfugiée avec ses trois enfants dans une baraque au fond de la ruelle. À l'intérieur de la masure tapissée de papier brun, il faisait presque plus froid qu'au-dehors. Nous discutions de choses et d'autres en nous réchauffant les mains au-dessus du brasero. Solidement bâti, le mari de ma sœur m'avait, moi et ma maigreur d'épouvantail, méprisé de façon instinctive. Il ne se gênait pas non plus pour dire à qui voulait l'entendre que mes œuvres étaient immorales. Abaissant sur cet homme un regard imperturbablement glacé, je n'avais jamais eu avec lui de conversation à cœur ouvert. Mais en écoutant ma sœur parler, je commençais enfin à comprendre qu'il était lui aussi, tout comme moi, tombé en enfer : il avait paraît-il vu un fantôme dans un train couchettes… Allumant une cigarette, je m'appliquai à ne parler que de problèmes financiers.

– De toute façon, vu la situation, j'ai l'intention de tout liquider.

– Tu as raison. Tu pourras peut-être tirer quelque chose de la machine à écrire ?

– Sans doute. Et puis, il y a les tableaux.

– Tu comptes vendre aussi avec le reste le tableau de N. ? Quand même, celui-là…

N., c'était son mari. Mes yeux tombèrent sur le conté accroché sans même un cadre au mur de la baraque et je sentis qu'il ne m'était pas permis de plaisanter à la légère. Vu qu'il s'était jeté sous un train, tout, jusqu'au visage, avait été transformé en une informe bouillie de chair. On pouvait encore seulement, à ce qu'il paraît, deviner la moustache. L'affaire – sans parler des détails – avait en soi quelque chose de répugnant. Mais alors que la peinture rendait parfaitement chaque trait de son visage, seule la moustache était, chose étrange, dessinée de façon floue. Une question d'éclairage peut-être. J'essayai donc de regarder le tableau sous divers angles.

– Mais qu'est-ce qui te prend ?

– Rien… Seulement, ce portrait, les contours de la bouche…

Se retournant légèrement, ma sœur me répondit comme si elle n'avait pas elle-même fait le rapprochement :

– Tu trouves aussi que la moustache est curieusement plus pâle ?

Ce que j'avais vu n'était donc pas une illusion. Dans ce cas… Je décidai de m'en aller sans accepter son offre à déjeuner.

– Mais tu as le temps ?

– Demain peut-être. Aujourd'hui, je dois aller à Aoyama.

– Ah ! Tu vas là-bas ? Ça ne va pas ?

– Toujours pareil, je me bourre de médicaments. Rien que les somnifères, c'est tout un poème ! Véronal, Neuronal, Trional, Numal…

Une demi-heure plus tard je me retrouvai dans un immeuble de plusieurs étages. Je pris l'ascenseur et, m'arrêtant au deuxième, je voulus entrer dans un restaurant : la porte vitrée ne bougea pas d'un pouce. Un panneau en laque annonçait d'ailleurs : « Jour de fermeture. » Fixant sur les corbeilles de pommes et de bananes disposées sur les tables un regard de plus en plus contrarié, je me résolus à ressortir dans la rue.

Mais alors que je m'apprêtais à quitter l'immeuble, deux hommes – des employés de bureau sans doute – qui y entraient en bavardant avec entrain me frôlèrent l'épaule au passage. Je crus entendre l'un d'eux dire à ce moment précis : « Et quel énervement ! »

Immobile au bord du trottoir, je me mis à attendre le passage d'un taxi. Il n'en venait guère et les rares que je voyais passer étaient immanquablement de couleur jaune. (Par je ne sais quelle mystérieuse coïncidence, ces taxis jaunes m'attiraient infailliblement un accident de la circulation.) Je finis quand même par dénicher une voiture verte – et donc de bon augure – et demandai au chauffeur de me conduire jusqu'à un certain hôpital psychiatrique à proximité du cimetière d'Aoyama.

S'énerver… tantalizing… Tantale… Inferno…

Tantale, ce n'était personne d'autre que moi contraint à dévorer des yeux les corbeilles de fruits à travers la porte vitrée. Je regardais fixement le dos du chauffeur, maudissant l'enfer dantesque qui, par deux fois, s'était présenté devant mes yeux. Tout me faisait de plus en plus figure d'imposture. La politique, l'économie, l'art, la science… – ce n'était ni plus ni moins qu'un vernis multicolore qui masquait l'horreur de la vie humaine. De plus en plus oppressé, je descendis la vitre à fond, mais rien n'y fit ; j'avais toujours le cœur serré comme dans un étau.

Mon taxi vert arriva enfin près de Jingumae. Là, il devait en principe y avoir sur le côté une ruelle qui menait à l'hôpital psychiatrique. Or, exceptionnellement, je fus ce jour-là incapable de la retrouver. Après avoir fait faire cent fois au taxi l'aller-retour le long de la ligne du tram, je me résignai et préférai descendre.

Je dénichai finalement le passage et m'y engageai dans la boue des ornières. Or, j'avais dû à un moment quelconque faire fausse route car je me retrouvai soudain devant la salle de funérailles d'Aoyama. Cela faisait bien dix ans que je n'étais plus repassé devant ce bâtiment, depuis exactement la cérémonie funèbre de Natsume Sôseki. Dix ans plus tôt non plus je n'étais pas heureux. Mais j'étais au moins en paix. Les yeux fixés sur la plage de gravier qui s'étendait à l'intérieur du portail, je revis le bananier de la « Villa Sôseki ». Je ne pouvais m'empêcher de sentir que ma vie était elle aussi arrivée à échéance. Et je ne pouvais non plus me défendre du sentiment que ce n'était pas le hasard qui, au bout de dix ans, avait conduit mes pas jusqu'ici.

Une fois ressorti de l'hôpital psychiatrique, je pris un taxi pour rentrer à l'hôtel. Or, à l'instant où, arrivé devant le porche, je descendais de voiture, j'aperçus un homme en manteau de pluie en train de se quereller à propos de je ne sais quoi avec l'un des serveurs. Pourquoi serveur ? Ce n'en était pas un et l'on reconnaissait à sa livrée verte le préposé aux voitures. Saisi d'une impression funeste à l'idée d'entrer dans cet hôtel, je repartis à la hâte en sens inverse.

La nuit était déjà sur le point de tomber quand je débouchai sur l'avenue de Ginza. Les rangées de boutiques et le flot vertigineux des passants ne faisaient qu'accroître mon abattement. J'étais surtout écœuré de voir tous ces gens marcher avec insouciance comme si le « crime » était pour eux une chose qui n'existait pas. Je me dirigeais vers le nord dans la lumière du jour équivoque brouillée par les éclairages électriques. À un moment, mon regard fut attiré par une librairie où s'entassaient des piles de revues. Je franchis le seuil et après avoir regardé distraitement quelques rayonnages, je choisis un ouvrage intitulé *Mythologie grecque* ; le livre relié de jaune était visiblement destiné aux enfants. Mais la phrase sur laquelle je tombai incidemment me fit sur-le-champ l'effet d'un véritable coup de poing : « Même Zeus, le plus puissant des dieux, n'est rien à côté des déesses de la Vengeance. »

Fuyant les murs de la librairie, je me remis à marcher à travers la cohue ; en sentant dans mon dos qui s'était inconsciemment courbé la présence des déesses de la Vengeance qui me traquaient sans relâche…

3
NUIT

Au premier étage de *Chez Maruzen*, je découvris sur un rayonnage les *Légendes* de Strindberg ; je me mis à parcourir deux trois pages par-ci par-là. Ce que je lisais était à peu de chose près le récit de ce que j'avais moi-même vécu. La couverture était d'ailleurs de couleur jaune. Je rangeai le livre sur son étagère et tirai cette fois presque au petit bonheur un épais volume. Je l'ouvris et là aussi je tombai sur une illustration qui représentait une multitude de roues dentées pourvues d'une paire d'yeux et d'un nez exactement comme nous autres humains. (Un Allemand avait réuni dans cet album des dessins de malades mentaux.) Au milieu de mon abattement, je me sentis brutalement soulevé par un besoin de révolte ; je me mis alors à feuilleter livre après livre avec la frénésie d'un joueur enragé acculé à la dernière extrémité. Mais que ce fût au sein d'une phrase ou d'une illustration, tous, comme par un fait exprès, cachaient un poignard plus ou moins acéré. Tous… – même quand je saisis *Madame Bovary* que j'avais lu et relu, je me sentis confronté à mon propre portrait : je n'étais finalement rien d'autre qu'un Monsieur Bovary, un petit-bourgeois…

J'étais apparemment le seul client au premier étage de *Chez Maruzen* où le jour commençait à baisser. J'errais entre les rayonnages que baignait l'éclairage électrique. Faisant halte devant des étagères qui portaient l'inscription « Religions », je me mis à feuilleter un livre à reliure verte. Dans la table des matières, un quelconque chapitre annonçait : « Les quatre pires ennemis : le doute, la peur, l'arrogance, l'appétit des sens. » Ces mots suffirent sur-le-champ à attiser mon sentiment de révolte. Ces choses qualifiées d'ennemies n'étaient rien d'autre à mes yeux que des synonymes de sensibilité et de raison. Il me fut cependant plus qu'insoutenable de constater que, finalement, l'esprit traditionnel me plongeait dans la même détresse que l'esprit moderne. Mais alors que je restais là, le livre à la main, je songeai tout à coup à Yoshi de Juryô que j'avais un jour incidemment utilisé comme nom de plume – ce Yuzi de Shouling dont parle le *Han Feizi* et qui, avant d'assimiler la façon de marcher de Handan, avait fini par oublier celle de Shouling, son pays natal qu'il avait regagné en rampant comme un reptile. Quiconque pouvait reconnaître l'image de ce Yuzi dans ce que j'étais à présent devenu. Mais que j'eusse adopté ce nom de plume alors même que je n'étais pas encore tombé en enfer… Abandonnant ce rayon, je me dirigeai vers la pièce juste en face où se tenait une exposition d'affiches, en essayant de chasser ces chimères de mon esprit. Mais là encore, une affiche représentait un cavalier – saint Georges sans doute – en train de transpercer un dragon ailé. Le heaume à demi baissé laissait de surcroît entrevoir une face grimaçante qui ressemblait à celle de l'un de mes ennemis. Je songeai à nouveau au *Han Feizi* et au proverbe sur l'habileté à vaincre un dragon ; sans même faire le tour de l'exposition, je pris le chemin du grand escalier.

Tandis que je marchais sur l'avenue de Nihonbashi, mon esprit restait accaparé par ces mots : « habileté à vaincre un dragon » – l'inscription qui se trouvait aussi gravée sur mon écritoire. L'objet m'avait été offert par un homme d'affaires encore jeune. Au terme de multiples déboires, il avait finalement fait faillite à la fin de l'année précédente. Je levai les yeux vers la haute voûte du ciel pour mieux m'imaginer combien la terre était minuscule dans le scintillement des milliers d'étoiles – combien j'étais moi-même minuscule. Mais le ciel si clair dans la journée était à présent totalement bouché par la masse des nuages. Sentant subitement autour de moi comme une présence hostile, je trouvai préférable d'aller me réfugier dans un café de l'autre côté de la voie du tram.

« Me réfugier », il n'y avait pas d'autre mot. En voyant les murs roses du café, je me sentis comme apaisé et c'est avec un soupir de soulagement que je m'installai à la table la plus reculée. Par chance, il n'y avait guère que deux ou trois autres clients. Je sortis comme d'habitude une cigarette en buvant mon chocolat à petites gorgées. La fumée de ma cigarette dessinait sur le rose du mur une volute légèrement bleutée. Cette douce harmonie des couleurs me fit du bien. Mais une nouvelle inquiétude me gagna quand je découvris quelques secondes plus tard sur le mur de gauche un portrait de Napoléon – Napoléon qui avait, encore étudiant, inscrit sur la dernière page de son cahier de géographie : « Sainte-Hélène – petite île. » Peut-être ne s'agissait-il effectivement que d'un « pur hasard » comme on se plaisait à le dire. N'empêche que l'effroi que Napoléon en avait lui-même éprouvé n'en était pas moins vrai…

Sans pouvoir détacher les yeux de ce portrait, je songeais aux œuvres que j'avais écrites. La première chose qui me revint en mémoire fut les aphorismes des *Paroles d'un nain*, et ces mots en particulier : « La vie est plus infernale que l'enfer lui-même » ; puis le personnage principal des *Figures infernales* – le destin du peintre Yoshihide. Puis… – tout en tirant sur ma cigarette, je laissais mon regard vagabonder autour de la salle pour tenter d'échapper à ces souvenirs. Cinq minutes ne s'étaient pas encore écoulées depuis l'instant où j'étais venu chercher refuge ici. En un laps de temps aussi bref, le café avait totalement changé de physionomie. Je trouvais particulièrement horribles les tables et les chaises en imitation acajou qui juraient sur les murs roses. De crainte de sombrer à nouveau dans une invisible détresse, je jetai une pièce sur le comptoir et sans attendre, me hâtai vers la porte.

– Monsieur ! Ça fait vingt sous !

La pièce que j'avais laissée était en cuivre. Humilié jusqu'au fond de l'âme, je songeai brusquement en marchant, du fond de ma solitude, à ma maison perdue dans sa lointaine forêt de pins – non pas celle, en banlieue, de mes parents adoptifs, mais la maison que j'avais louée pour la famille dont j'étais le chef. J'avais, une dizaine d'années plus tôt, déjà vécu dans un foyer de la sorte. Mais les circonstances m'avaient poussé à accepter de façon inconsidérée de vivre sous le même toit que mes parents. Je m'étais dès lors métamorphosé en esclave, en tyran, en un être faible et égoïste…

Il était déjà près de dix heures quand je rejoignis l'hôtel. Le long chemin que je venais de parcourir d'une traite m'avait ôté jusque la force de regagner ma chambre. Je me laissai choir dans un fauteuil devant la cheminée où brûlait un feu de bûches. Je commençai alors à réfléchir au roman que je projetais d'écrire. Il s'agissait d'une chronique qui mettrait en scène des gens du peuple de chaque époque, de l'impératrice Suiko à Meiji ; il devait se composer d'une trentaine d'histoires classées dans un ordre chronologique. Le regard fasciné par le spectacle des étincelles qui crépitaient au-dessus du feu, je songeai soudain à une statue de bronze qui se trouvait devant le Palais Impérial. Figée dans son armure, la statue se dressait de toute la hauteur de son cheval comme le vivant symbole de l'esprit de loyauté. Oui mais, son ennemi…

– Ce n'est pas possible !

Je me trouvai propulsé du fond de ce lointain passé dans un présent plus immédiat. Celui qui m'interpellait était par bonheur un de mes aînés de l'université, sculpteur de sa profession. Vêtu de son éternel costume de velours, il portait toujours au menton la même petite barbiche. Me levant, je serrai la main qu'il me tendait. (Ce n'était pas dans mes habitudes ; je me conformais seulement aux siennes contractées à Paris et à Berlin où il avait passé la moitié de sa vie.) Or, sa main était bizarrement moite comme la peau d'un reptile.

– Tu loges ici ?

– Oui…

– Pour travailler ?

– Oui… Je travaille aussi un peu.

Il me dévisageait. Je crus déceler dans ses yeux la lueur inquisitrice d'un détective.

– Tu ne veux pas qu'on aille plutôt bavarder dans ma chambre ?

Je lançai cette invite comme un défi. (Pusillanime de nature, je n'en adoptais que plus facilement une attitude provocatrice.) Il me retourna alors en souriant :

– C'est où, ta chambre ?

Nous prîmes le chemin de ma chambre, traversant épaule contre épaule comme de vieux amis les groupes d'étrangers qui conversaient paisiblement. Une fois arrivé, il s'assit dos au miroir et se mit à bavarder de choses et d'autres. De choses et d'autres… – de femmes, principalement. Je faisais certes partie de ceux que leurs crimes avaient menés en enfer. N'empêche que la perversion dont témoignaient ses histoires finit par me plonger dans une humeur noire. Transformé pour l'occasion en puritain, j'entrepris de déverser mes sarcasmes sur toutes ces femmes dont il me parlait :

– Tu n'as pas regardé les lèvres de la petite S. ! On ne sait combien d'hommes elles ont dû baiser pour…

Je m'arrêtai net, les yeux soudain arrêtés sur le reflet de sa silhouette dans le miroir : un emplâtre jaune était collé juste au-dessous des oreilles.

– Combien d'hommes elles ont dû baiser ?

– C'est l'impression qu'elle me fait !

Il opina avec un sourire et je sentis qu'il m'épiait sans relâche au fond de lui-même dans l'espoir de me percer à jour. Le sujet de notre conversation ne s'écarta cependant pas des femmes. Ce que j'éprouvais était moins de la haine à son égard qu'un sentiment d'humiliation vis-à-vis de ma propre lâcheté ; cela acheva de me déprimer tout à fait.

Il finit quand même par s'en aller ; m'allongeant sur le lit, je me mis alors à lire *À travers les ténèbres*. Les conflits intérieurs que vivait le héros m'atteignaient coup après coup dans chaque fibre de mon corps. Les sanglots me serraient la gorge tant je mesurais à la toise de ce personnage toute l'ampleur de ma stupidité. Ces larmes avaient sur moi un pouvoir lénifiant, mais cet apaisement ne fut qu'une courte trêve. Des rouages à demi transparents recommencèrent bientôt à tourner dans mon œil droit. Ils se multipliaient progressivement sans cesser de tourner, comme d'habitude. Redoutant la migraine, je posai le livre à mon chevet et avalai un cachet de Véronal 0,8 ; il valait encore mieux sombrer dans le sommeil.

Je me retrouvai dans mon rêve au bord d'une piscine. Des enfants – des fillettes et des garçons – nageaient et plongeaient. Tournant les talons, je me mis à marcher vers la forêt de pins juste en face. Dans mon dos, une voix m'appela : « Papa ! » Me retournant à peine, je vis ma femme, debout devant la piscine. Je me sentis à la même seconde accablé par un violent remords.

– Papa, ta serviette !

– Je n'en ai pas besoin. Fais attention aux enfants !

Je me remis à marcher, me retrouvant tout à coup

à arpenter un quai de gare. C'était visiblement la campagne, une haie vive courait le long du quai. H. – un étudiant – attendait en compagnie d'une femme plus âgée. Quand ils m'aperçurent, ils s'approchèrent aussitôt de moi et commencèrent à me parler l'un en même temps que l'autre.

– Quel terrible incendie !

– C'est tout juste si j'ai moi aussi réussi à m'enfuir !

J'avais l'impression d'avoir déjà vu la femme quelque part. Je ressentais d'ailleurs à parler avec elle une agréable excitation. C'est alors que le train vint se ranger le long du quai dans un nuage de fumée. J'y montai, seul, et m'engageai dans le couloir où pendaient de part et d'autre les rideaux blancs des compartiments couchettes. Or, brusquement, j'aperçus sur l'une des couchettes une femme nue pareille à une momie qui regardait vers moi – ma déesse de la Vengeance, la fille d'une folle, c'était bien elle…

À peine éveillé, je sautai inconsciemment hors du lit. Ma chambre baignait toujours dans la lumière des lampes. Mais quelque part, j'entendais un bruit d'ailes et comme un couinement de souris. J'ouvris la porte et sortis dans le corridor, pressé d'arriver devant la cheminée. Là, carré dans un fauteuil, je me perdis peu à peu dans la fragile contemplation des flammes. Un garçon en tenue blanche s'approcha alors pour ajouter des bûches.

– Quelle heure est-il ?

– Près de trois heures et demie, Monsieur.

Pourtant, dans un coin de l'autre côté du hall, une femme – américaine supposai-je – restait encore à lire. Même à la distance à laquelle je me trouvais, je pouvais affirmer qu'elle portait une robe verte. Je me sentis comme sauvé et décidai d'attendre l'aube patiemment ; comme un vieillard qui, après avoir survécu aux souffrances d'une longue maladie, attendrait doucement la mort…

4
PAS ENCORE ?

Toujours dans la même chambre d'hôtel, j'achevai enfin mon récit ; je résolus donc de l'envoyer à la revue X. Mes droits d'auteur ne suffisaient même pas, à vrai dire, à couvrir les frais d'une semaine de séjour. Satisfait pourtant d'être arrivé à bout de ce travail, je décidai d'aller faire un tour dans une librairie de Ginza à la recherche de quelque stimulant intellectuel.

L'asphalte où le soleil d'hiver pointait ses rayons était jonché de vieux papiers. Était-ce une illusion de la lumière ? On aurait vraiment dit des roses. Il me sembla y déceler un signe d'amitié et, sur ce, je pénétrai à l'intérieur de la librairie. Là aussi tout paraissait plus propre et net qu'à l'ordinaire. Seule la présence d'une jeune fille à lunettes qui discutait avec un vendeur me préoccupait imperceptiblement. Mais au souvenir des roses de papier chiffonné abandonnées sur le trottoir, je me décidai à acheter les *Entretiens avec Anatole France* et la *Correspondance de Mérimée.*

J'entrai dans un salon de thé, mes deux livres sous le bras. Je m'installai tout au fond de la salle et commandai un café. Une femme et un garçon étaient assis en face de moi – une mère et son fils probablement. Bien que plus jeune, le fils était mon portrait tout craché. Tous deux se parlaient, visage contre visage, comme des amoureux. Alors que je les observais, j'eus le sentiment que le fils avait pleinement conscience d'apporter aussi à sa mère une consolation d'ordre sexuel – une illustration de la sympathie humaine qui éveillait en moi certaines résonances ; l'illustration aussi d'une certaine volonté habile à transformer ce monde en enfer. Pourtant… Craignant de sombrer dans de nouvelles souffrances, je profitai de ce que l'on m'apportait mon café pour me plonger dans la lecture de la *Correspondance de Mérimée.* Comme ses récits, les lettres de Mérimée étaient éblouissantes d'aphorismes mordants. À leur lecture, je sentis mon corps se durcir comme du fer. (L'une de mes faiblesses était justement d'être trop réceptif à ce genre d'influence.) J'avalai mon café et d'humeur à « voir venir » n'importe quoi, je m'éloignai à grands pas du café.

Tout en marchant à travers les rues, je jetais un coup d'œil aux vitrines des magasins. Dans celle d'un encadreur était exposé un portrait de Beethoven. Les cheveux hirsutes, c'était l'image parfaite du génie tel qu'on pouvait se l'imaginer. Je trouvai malgré moi cocasse ce Beethoven que je voyais là…

En chemin, je tombai par hasard sur un vieil ami – un garçon dont j'avais fait la connaissance au temps du lycée. Il enseignait les sciences appliquées à l'université. Une volumineuse serviette sous le bras, il arborait sur la figure un œil tout enflammé.

– Qu'est-ce qui t'arrive, à l'œil ?

– Ça ? Pas grand-chose, une simple conjonctivite.

Il me vint soudain à l'esprit que, depuis une quinzaine d'années, mes yeux réagissaient immanquablement par une conjonctivite chaque fois que j'éprouvais de la sympathie pour quelqu'un. Je n'en soufflai certes pas mot. Me tapant sur l'épaule, il se mit à causer de nos amis communs puis, sans cesser de discourir, m'entraîna dans un café. Allumant une cigarette, il m'apostropha par-dessus la table de marbre :

– Ça fait une éternité qu'on ne s'est pas vus ! Depuis l'inauguration de la stèle de Shu Shun Sui, non ?

– C'est vrai ! Depuis *Shu Shun*…

Pour je ne sais quelle raison, je ne parvins pas à articuler correctement le nom de Shu Shun Sui. J'en fus d'autant plus troublé que cette prononciation appartenait au japonais, ma propre langue. Mais l'autre continuait à discourir sans s'apercevoir de rien ; de K. le romancier, du bouledogue qu'il venait d'acheter, d'un gaz toxique répondant au nom anglais de « *lewisite* »…

– Et toi, tu n'écris presque plus rien alors ? J'ai lu *Le livre des morts*… C'est ton autobiographie ?

– Oui, mon autobiographie.

– Moi, j'ai trouvé ça un peu morbide ! En ce moment, la santé, ça va ?

– Oh tu sais ! Je me bourre toujours de médicaments.

– Moi aussi, en ce moment, je suis insomniaque.

– Comment moi aussi ? Pourquoi dis-tu : « moi aussi » ?

– Eh bien quoi, je croyais que tu l'étais aussi, non ? Méfie-toi, y a pas plus dangereux que les insomnies…

L'ombre d'un sourire passa dans ses yeux dont seul le gauche était tout injecté de sang. Avant même d'ouvrir la bouche, je sentis que je n'arriverais pas à prononcer correctement le « so » d'insomnie.

– Qu'est-ce que tu veux, quand on est le fils d'une folle !…

Une dizaine de minutes plus tard, je marchais à nouveau dans la rue, seul. Les chiffons de papiers qui jonchaient l'asphalte me faisaient parfois l'effet de visages humains. J'aperçus soudain une femme aux cheveux coupés court qui venait dans ma direction. De loin, elle était belle. Or, quand elle fut à ma hauteur, je découvris un visage fripé et repoussant. Elle semblait de plus être enceinte. Je détournai les yeux involontairement et m'engageai dans une artère latérale. Au bout d'un moment, mes hémorroïdes recommencèrent à me faire souffrir. Les bains de siège étaient l'unique remède capable d'apaiser la douleur. « Des bains de siège !… – Beethoven aussi y avait recours… »

L'odeur de soufre employé dans ce traitement assaillit aussitôt mes narines. Mais bien évidemment, je ne vis pas trace autour de moi de quoi que ce soit pouvant ressembler à du soufre. Resongeant aux roses de papier froissé, je me faisais violence pour avancer d'un pas ferme.

J'étais, une heure plus tard, calfeutré dans ma chambre ; installé à la table devant la fenêtre, je travaillais à un récit. Mon stylo courait sur le papier avec une facilité qui ne laissait pas de me surprendre. Il s'arrêta pourtant au bout de deux trois heures, comme retenu par une main invisible. Je me levai et, en désespoir de cause, me mis à arpenter la chambre en long et en large. Ma mégalomanie se trouvait en de tels moments portée à son paroxysme. Animé d'une joie sauvage, j'avais le sentiment de ne plus avoir ni père ni mère, ni femme ni enfants, il n'existait plus pour moi qu'une seule et unique chose : la vie qui s'écoulait de ma plume.

Au bout de quatre cinq minutes, le téléphone se mit à sonner. Mais malgré mes « allô ? » réitérés, je ne saisissais au bout du fil que des sons confus, toujours les mêmes, inlassablement répétés. Mon oreille crut pourtant bien reconnaître le son « moole ». Raccrochant finalement le combiné, je repris mes cent pas à travers la chambre. Mais ce mot : « moole » poursuivait mes pensées. Moole… Mole… – *mole*, une taupe en anglais. Cette association d'idées ne me fut guère agréable. Mais il me suffit de deux ou trois secondes pour réorthographier « mole » en « mort » :

la mort ; ce mot français jeta aussitôt l'alarme dans mon esprit. La mort me guettait, c'était visible, comme elle avait guetté le mari de ma sœur. Mais malgré mon angoisse, quelque chose de drôle me donnait envie de rire – je ne pouvais d'ailleurs pas m'empêcher de sourire. Qu'y avait-il donc là de si cocasse ?... Je n'en avais pas la moindre idée. Pour la première fois depuis longtemps, je me campai devant le miroir et affrontai mon image : ses lèvres souriaient comme les miennes, le contraire eût été surprenant. Les yeux fixés sur mon reflet, je songeai à mon double. Mon double... – fort heureusement, ce que l'on désignait en allemand sous le nom de *Doppelgänger* ne m'était personnellement jamais apparu. Mais en revanche, l'épouse de K. – qui avait fait carrière en Amérique comme acteur de cinéma – avait, elle, vu mon double dans le couloir d'un théâtre. (Je me rappelais encore ma perplexité quand elle m'avait dit tout à trac : « Veuillez m'excuser pour l'autre jour, je ne vous ai pas salué... ») Une autre personne aussi – un unijambiste, traducteur de son état et maintenant disparu – avait aperçu mon double chez un marchand de tabac de Ginza. Et si ce n'était pas moi que la mort viendrait chercher, mais mon double ? Mais même si c'était moi... Tournant le dos au miroir, je regagnai la table devant la fenêtre.

L'ouverture carrée de la fenêtre encadrée de tuf laissait voir une pelouse desséchée et un étang. Je songeai en voyant le jardin à tous les cahiers de notes, à toutes les pièces de théâtre inachevées qui avaient brûlé là-bas dans la lointaine forêt de pins. Reprenant alors mon stylo, je me remis à mon nouveau récit.

5
LUMIÈRE ROUGE

Je commençai à ne plus pouvoir supporter la lumière du jour. Je poursuivais la rédaction de mon récit avec diligence, vivant comme une taupe, les rideaux de la fenêtre tirés et la lumière allumée même en plein jour. Quand j'étais las de travailler, j'ouvrais l'*Histoire de la littérature anglaise* de Taine et parcourais la vie des poètes. Tous étaient frappés par le malheur, sans exception ; même les plus grands de l'époque élisabéthaine… – même Ben Johnson, le plus illustre de son temps, avait fini par sombrer dans une névrose qui lui faisait voir sur son gros orteil les armées de Rome et de Carthage en train d'engager le combat. Je ne pouvais m'empêcher de jubiler d'une joie sadique devant le spectacle de leur malheur.

Une nuit où soufflait un violent vent d'est – l'annonce pour moi d'un heureux présage –, il me prit l'envie de rendre visite à un certain vieillard ; je quittai donc l'hôtel en passant par le sous-sol. Le vieil homme habitait une mansarde sous les toits d'une maison d'édition spécialisée dans la Bible où on l'employait comme commissionnaire ; il menait une vie solitaire consacrée à la lecture et à la prière. Nous causâmes longuement sous la croix accrochée au mur en réchauffant nos mains au feu du brasero – des raisons qui avaient voulu que ma mère devînt folle, de celles pour lesquelles les affaires de mon père avaient périclité, de celles encore qui me devaient d'être châtié… Il avait, lui, la connaissance de ces mystères et il m'écoutait parler patiemment avec un sourire étrangement solennel. Il intervenait aussi parfois, traçant en quelques mots une caricature de la vie humaine. Je ne pouvais éprouver que du respect pour cet ermite sous les toits. Mais je devinai, au fur et à mesure de notre conversation, qu'il était lui aussi gouverné par les affinités du cœur.

– Cette fille du pépiniériste est jolie comme tout et elle a de plus bon cœur… Elle se montre vraiment très mignonne pour moi.

– Quel âge a-t-elle ?

– Elle aura dix-huit ans cette année.

Lui ne croyait peut-être éprouver pour la jeune fille qu'une affection paternelle. Mais je ne pouvais, moi, me défendre de voir dans ses prunelles l'expression de la passion. Mes yeux tombèrent sur la pomme qu'il avait sortie pour moi : une licorne se dessinait sur la peau jaunie. (Il m'arrivait souvent de lire dans les veines du bois ou les fêlures des tasses la forme d'animaux légendaires.) La licorne était à l'évidence le *kilin* de la mythologie chinoise. Un critique m'avait un jour traité avec haine de « rejeton du *kilin* des années 1910 » ; ce souvenir me fit sentir que cette mansarde avec sa croix au mur n'était pas non plus pour moi une zone de sécurité.

– Mais comment cela va-t-il ces temps-ci ?

– Toujours les nerfs à vif, comme d'habitude.

– Aucun médicament ne pourra vous aider. Vous n'éprouvez pas l'envie de vous convertir ?

– Si cela m'était au moins possible…

– Cela n'a vraiment rien de difficile. Il suffit seulement de croire en Dieu, de croire en Christ le Fils de Dieu, de croire dans les miracles qu'Il a accomplis…

– Ce que je peux, c'est croire au Diable !

– Alors, pourquoi ne croyez-vous pas en Dieu ? Si vous croyez en l'ombre, comment vous défendre de croire en la lumière ?

– Mais il existe aussi des ténèbres sans lumière.

– Des ténèbres sans lumière ?

Que pouvais-je si ce n'était me taire ? Lui aussi marchait comme moi dans les ténèbres. Mais il avait, lui, la conviction que les ténèbres ne pouvaient exister sans lumière : c'était l'unique différence qui nous séparait – un fossé cependant qui restait, pour moi du moins, infranchissable.

– La lumière existe nécessairement. Les miracles en sont la meilleure preuve. Vous savez, des miracles, il s'en produit fréquemment même de nos jours.

– Des miracles alors qui sont l'œuvre du Diable !

– Pourquoi encore parler du Diable !

Je fus tenté de lui révéler tout ce que j'avais vécu depuis un ou deux ans. Je me retins de crainte qu'il n'en parlât à ma femme et à mes enfants, de crainte d'être enfermé entre les murs d'un hôpital psychiatrique comme ma mère.

– Ça, là-bas, qu'est-ce que c'est ?

Le robuste vieillard se retourna vers sa bibliothèque avec je ne sais quoi dans l'expression qui me fit penser à un faune :

– Ce sont les œuvres complètes de Dostoïevski. Vous avez lu *Crime et châtiment* ?

Il va sans dire que j'étais déjà dix ans plus tôt un familier de quelques-unes des œuvres de Dostoïevski. Mais frappé par ce titre – *Crime et châtiment* – qu'il avait prononcé au hasard (vraiment ?), j'empruntai le livre avant de repartir vers mon hôtel. Les rues électrisées de lumière où se pressait la foule éveillaient toujours en moi le même malaise. Sachant que je ne pourrais sans doute jamais supporter de rencontrer quelqu'un que je connaissais, je m'en allais comme un voleur, choisissant autant que possible les ruelles obscures.

Mais au bout d'un moment, je fus pris de crampes à l'estomac. Il n'y avait qu'un verre de whisky pour conjurer la douleur. Je dénichai un bar et poussai la porte mais, sur le point d'entrer, j'aperçus dans le local exigu noyé dans la fumée des cigarettes toute une bande de jeunes artistes – ils en avaient du moins l'allure – attablée à boire de l'alcool ; au centre du groupe, une fille coiffée en bandeaux grattait de tous ses doigts les cordes d'une mandoline. Je reculai, soudain dérouté, et repris mon chemin sans entrer. Mais en marchant, je découvris brusquement que mon ombre vacillait d'un côté puis de l'autre ; et je me trouvais de surcroît – sinistre augure – sous une lumière rouge. Je restai cloué sur place : mon ombre n'en continuait pas moins à se balancer régulièrement d'un côté puis de l'autre. Je me retournai avec appréhension : j'aperçus alors, suspendue à l'auvent du bar, la lanterne de verre coloré qui oscillait doucement dans l'air tourmenté par le vent…

Je finis par pénétrer dans un restaurant situé en sous-sol. Je m'approchai du bar et commandai un whisky.

– Un whisky ? Du Black & White, c'est tout ce que nous avons…

Je versai le whisky dans l'eau gazeuse et commençai, plongé dans mon mutisme, à le boire à petites gorgées. Deux hommes dans la trentaine – je conclus que c'étaient des journalistes – discutaient à côté de moi à voix basse – en français du reste. Je sentais avec toutes les cellules de ma peau leurs yeux posés sur mon dos – leurs regards qui me vrillaient le corps comme des décharges électriques. Il n'y avait pas à se leurrer : ils savaient qui j'étais et étaient à l'évidence en train de parler de moi.

– *Bien… très mauvais… pourquoi ?…*

– *Pourquoi ?… le diable est mort !…*

– *Oui, oui… d'enfer…*

Lançant une pièce d'argent sur le comptoir – la dernière qui me restait –, je pris la fuite hors de ce sous-sol. Les crampes d'estomac s'étaient quelque peu atténuées et la nuit balayée par le vent eut sur mes nerfs un effet vivifiant. Je songeai à Raskolnikoff et le désir me brûla de tout confesser. Mais même sans penser à moi... – non, même sans penser à ma famille, il n'était que trop évident qu'il n'en résulterait que des tragédies. D'ailleurs, la sincérité de ce désir restait elle-même sujette à caution. Si mes nerfs pouvaient au moins devenir aussi solides que ceux de n'importe quel être normal... Mais il aurait pour cela fallu que je m'en aille quelque part ; Madrid, Rio, Samarkande...

Une petite enseigne blanche accrochée à la devanture d'une boutique réveilla soudain mon inquiétude. Le panneau publicitaire montrait un pneu automobile ailé. Je songeai en voyant ce symbole au Grec de l'Antiquité qui avait confié sa vie à des ailes artificielles. Il s'était élevé dans les airs avant, finalement, de s'abîmer dans la mer, les ailes brûlées par le soleil. À Madrid, Rio, Samarkande... Comment ne pas rire de ces rêveries ! Et comment ne pas penser à Oreste harcelé par les déesses de la Vengeance !

J'avançais dans la nuit en longeant le canal. Je songeai alors tout à coup à la maison de mes parents adoptifs dans les faubourgs. Il était clair que mon père et ma mère passaient leurs journées à attendre mon retour ; et mes enfants aussi, sans doute... Mais je redoutais le pouvoir qui m'enchaînerait irrémédiablement si je retournais là-bas. Une péniche était amarrée au bord de l'eau tourmentée. Une lumière filtrait du fond du bateau. Sous son toit devait vivre une famille – des hommes et des femmes qui devaient aussi se haïr parce qu'ils s'aimaient... Réveillant ce qui me restait de forces combatives, je repris, encore grisé par le whisky, le chemin de l'hôtel.

Je retrouvai ma table et me replongeai dans la *Correspondance de Mérimée.* Cette lecture m'insufflait comme un regain d'énergie, mais quand j'appris que Mérimée s'était vers la fin de sa vie converti au protestantisme, il me sembla brusquement voir le visage nu qu'il cachait sous le masque ; lui aussi marchait comme moi dans les ténèbres. Dans les ténèbres… – *À travers les ténèbres* se mua alors pour moi en un livre effrayant. Je pris les *Entretiens avec Anatole France* dans l'espoir que celui-là me ferait oublier mes idées noires. Mais j'aurais dû m'y attendre : ce faune des temps modernes portait lui aussi la croix…

Une heure plus tard, le groom passa me remettre une pile de courrier. Elle contenait une lettre d'un éditeur de Leipzig me demandant de rédiger un essai sur le thème : « La femme japonaise moderne ». Pourquoi m'avaient-ils choisi, moi *précisément*, pour écrire cet article ? Et puis ce post-scriptum rajouté à la main en bas de la lettre formulée en anglais : « Même un portrait entièrement contrasté en noir et blanc dans le style traditionnel de la peinture japonaise nous conviendrait. » Cette ligne me rappela la marque de whisky Black & White ; je déchirai la lettre en mille morceaux. Je décachetai une autre enveloppe, la première qui me tomba sous la main : écrite sur du papier jaune, la missive provenait d'un jeune garçon que je ne connaissais pas. « Votre *Paravent infernal…* » : deux ou trois lignes suffirent à m'exaspérer définitivement. J'ouvris une troisième lettre : elle était de mon neveu. Le cœur soulagé, je me plongeai dans la lecture de ses problèmes domestiques. Mais quand j'arrivai à la dernière ligne, j'eus encore l'impression de recevoir une gifle en pleine figure : « Je t'envoie une nouvelle édition du recueil de poèmes *Lumière rouge*... »

Lumière rouge ! Quelque chose me narguait, je le sentais, il fallait fuir cette chambre. Le couloir était désert. Je me traînai péniblement jusqu'au hall d'entrée en m'appuyant d'une main contre le mur. Je m'assis et trouvai préférable de commencer par allumer une cigarette. Or, bizarrement, il se trouva que ce fut une Air Ship. (Je ne fumais en principe que des Star depuis mon installation ici.) La vision des ailes artificielles repassa devant mes yeux. Appelant le chasseur qui se tenait de l'autre côté de la pièce, je lui demandai deux paquets de Star. Mais je jouais de malchance : à l'en croire, ils manquaient justement de Star.

– Si vous voulez, nous avons des Air Ship...

Je secouai la tête puis me mis à regarder autour de moi. À l'autre bout de la salle assez spacieuse, quatre ou cinq étrangers discutaient autour d'une table. Or il me sembla que l'une d'eux – une femme en robe rouge – jetait de temps à autre un coup d'œil dans ma direction tout en parlant à voix basse avec le reste du groupe.

« Mrs. Townshead... », me souffla à l'oreille une présence invisible. « Misiz taunzhed » : un nom que je n'avais jamais entendu de ma vie. Et quand bien même c'était celui de cette femme… – je me levai et repris le chemin de ma chambre, le sang glacé par la peur de devenir fou.

J'avais l'intention de téléphoner à un certain hôpital psychiatrique dès mon retour dans la chambre. Mais accepter d'entrer dans cet endroit revenait à peu de chose près à signer mon acte de mort. Après d'interminables hésitations, je pris *Crime et châtiment* pour essayer de leurrer mon angoisse et ouvris une page au hasard : c'était un passage des *Frères Karamazov*. Je jetai un œil sur la couverture, croyant m'être trompé de livre : *Crime et châtiment* ; aucun doute n'était possible : ce livre était bien *Crime et châtiment*. Dans cette erreur de brochage commise par le relieur – dans le hasard qui avait voulu que je tombe précisément sur ces pages mises par erreur –, c'était pour moi la main du destin qui avait agi ; un besoin irrésistible de savoir me poussait à lire le passage. Je n'avais pas même terminé une page quand je me sentis soudain trembler de tous mes membres. Le passage décrivait Ivan tourmenté par les démons – Ivan, Strindberg, Maupassant, et puis moi dans cette pièce…

Dormir, c'était mon seul salut. Je m'avisai alors pour la première fois que le paquet de somnifères était complètement vide, plus un seul cachet. Devoir rester là à souffrir sans espoir de sommeil dépassait la limite de mes forces. Ranimant avec désespoir ce qui me restait de courage, je me fis apporter un café puis me mis à écrire avec la rage d'une bête prise au piège. Deux pages, puis cinq, puis sept, puis dix – le manuscrit avançait à vue d'œil. Je peuplais l'univers du récit d'animaux surnaturels ; l'un d'eux n'était du reste rien d'autre que mon autoportrait. La fatigue commença cependant à engourdir peu à peu mon cerveau. Je m'écartai finalement de la table et allai m'allonger à plat dos sur le lit. Je devais somnoler depuis quarante ou cinquante minutes quand le murmure d'une voix à mon oreille me réveilla en sursaut :

– Le diable est mort.

La lumière glacée du petit jour pointait déjà à la fenêtre encadrée de tuf. Debout contre la porte, je regardais la chambre vide quand soudain mes yeux s'arrêtèrent sur la fenêtre en face de moi : un paysage en miniature se dessinait sur la vitre marbrée de buée par le froid du dehors – celui de la mer étale par-delà une forêt de pins tout jaunis. Je m'approchai le cœur battant : ce paysage n'était autre que l'œuvre de l'étang et de la pelouse flétrie du jardin. Ce mirage avait cependant éveillé au fond de moi comme un sentiment de nostalgie pour mon foyer.

Dès neuf heures, je téléphonerais à l'éditeur d'une certaine revue ; la question financière étant ainsi au moins réglée, je rentrerais chez moi. Je pris cette décision tout en fourrant déjà dans ma serviette posée sur la table livres et manuscrit…

6
L'AVION

J'avais pris un taxi devant l'une des gares de la ligne du Tôkaidô pour me faire conduire dans une station climatique de l'arrière-pays. Le chauffeur était bizarrement vêtu, par le froid qu'il faisait, d'un vieux manteau de pluie. Cette coïncidence me donna une impression sinistre ; je m'efforçais, pour ne pas le voir, de regarder par la fenêtre. J'aperçus alors derrière la bordure de pins chétifs un cortège funèbre qui avait dû emprunter l'ancienne route. Il ne comportait visiblement ni lanterne de papier blanc ni lampe-dragon. Des lotus d'or et d'argent se balançaient en revanche doucement autour du palanquin…

Enfin chez moi, je goûtai deux ou trois jours relativement paisibles grâce aux miens et aux somnifères. De mon cabinet de travail, au premier étage, je distinguais le mince ruban de la mer au-dessus de la forêt de pins. Installé dans cette pièce, je consacrais mes matinées à travailler, l'oreille emplie du roucoulement des pigeons. Les oiseaux venaient parfois se poser sur la galerie extérieure ; des pigeons, des corbeaux et aussi des moineaux. Cela faisait partie de mes plaisirs. « La pie pénètre dans le temple » : la plume suspendue, je me remémorais chaque fois cette expression.

Par un après-midi lourd et nuageux, je sortis acheter de l'encre chez le marchand de couleur. Or, sur les étagères, il n'y avait que des flacons d'encre couleur sépia. Plus qu'aucune autre, cette encre couleur sépia avait immanquablement le pouvoir de me mettre mal à l'aise. Ce fut plus fort que moi : je quittai le magasin. Alors que je marchais sans but dans les rues inanimées, je vis venir dans l'autre sens un étranger dans la quarantaine avec un regard de myope, qui se rengorgeait tout seul : c'était le Suédois atteint de la folie de la persécution qui vivait près de là ; d'ailleurs, il s'appelait Strindberg. Quand je le croisai, je ressentis comme un choc physique.

La rue avait tout au plus trois cents mètres de long ; n'empêche que dans le laps de temps qu'il me fallut pour parcourir cette distance, un chien exactement noir d'un côté et blanc de l'autre passa à côté de moi à quatre reprises. Je tournai dans une ruelle, repensant au whisky Black & White. Je me souvins alors également que la cravate de Strindberg était elle aussi noire et blanche. Personne n'aurait réussi à me faire croire qu'il s'agissait seulement d'une coïncidence. Et si ce n'en était pas une… J'eus la sensation que seule ma tête marchait dans la rue ; je m'arrêtai une seconde au milieu du trottoir. Derrière la clôture en fil de fer qui bordait le chemin gisait, abandonné, un bol en verre où chatoyaient doucement les couleurs de l'arc-en-ciel. Au fond, un motif d'ailes, me sembla-t-il, se détachait sur le pourtour. Plusieurs moineaux descendirent à ce moment de la cime des pins, mais arrivés à deux doigts du bol, ils s'égaillèrent tous d'un même coup d'aile haut vers le ciel…

Je me rendis chez la mère de ma femme ; là, je m'installai dans un fauteuil de rotin dans le jardin devant la maison. Au fond, quelques poules – des leghorns – marchaient tranquillement dans l'enclos grillagé ; un chien noir était couché à mes pieds. Les nerfs exacerbés par l'effort que je faisais pour essayer de dénouer d'insolubles interrogations, je bavardais de choses et d'autres avec la mère et le jeune frère de ma femme d'un ton tranquille qui ne sauvait que les apparences.

– Quel calme quand on vient ici !

– Évidemment, comparé à Tôkyô…

– Il vous arrive parfois d'être dérangés par le bruit ?

– Tout de même, nous vivons sur terre !

C'était indiscutable, cette station climatique se trouvait bien aussi « sur terre ». Je ne savais que trop tous les crimes et tous les drames dont elle était aussi le théâtre en l'espace d'une seule petite année. Le médecin qui avait tenté d'empoisonner lentement son patient, la vieille femme qui avait mis le feu à la maison de son fils adoptif, l'avocat qui avait voulu s'approprier les biens de sa sœur cadette… – c'était, chaque fois que je passais devant la maison de ces gens-là, comme si je voyais l'enfer au sein de la vie humaine.

– Je crois bien me souvenir que vous avez un fou dans la ville ?

– Vous voulez sans doute parler du petit H. ? Mais cela n'a rien à voir avec la folie : il est atteint de crétinisme.

– Débilité précoce comme on dit. Ça me fait froid

dans le dos chaque fois que je le vois. La dernière fois, je ne sais pas ce qu'il lui avait pris, mais je l'ai vu qui s'inclinait devant la statue de Batôkanzeon.

– Jusqu'à en avoir froid dans le dos, quand même !… Essayez de vous montrer un petit peu plus solide !

– Frère est en tous les cas plus solide que moi !…

Le visage hérissé d'une barbe de plusieurs jours, mon beau-frère s'était redressé sur son lit, intervenant dans la conversation avec sa réserve habituelle.

– Mais la force a aussi ses faiblesses…

– Oh là là ! Nous voilà bien partis !

Regardant ma belle-mère qui avait poussé cette exclamation, je ne pus réprimer un sourire un peu contraint. Souriant à son tour, mon beau-frère se remit à parler avec une sorte d'extase, le regard perdu dans la pinède par-delà la clôture. (En regardant ce jeune être encore affaibli par la convalescence, j'avais parfois l'impression de contempler un pur esprit désincarné.)

– C'est drôle, mais c'est au moment où l'on pourrait croire que l'on s'est détaché du monde humain que s'affirme avec une violence accrue une cupidité bien humaine…

– Comme la vertu qui cache le vice !

– Non, il s'agit de choses bien plus antinomiques que le bien et le mal…

– Bien ! Alors comme l'enfant qui habite dans chaque adulte ?

– Ce n'est pas vraiment ça non plus. Je n'arrive pas à l'exprimer de façon intelligible… Comment dire ? Quelque chose peut-être comme les deux pôles d'un circuit électrique. Ce que je veux dire, c'est que ce sont deux choses opposées qui ne forment qu'un tout.

Au même instant, le vrombissement assourdissant d'un avion nous fit tous sursauter. Je levai les yeux involontairement et j'aperçus alors l'avion qui décollait juste en rasant les pins ; c'était un curieux monoplan aux ailes peintes en jaune. Effrayés par le bruit, poules et chien s'éparpillèrent en tous sens ; la queue entre les jambes, le chien alla se réfugier sous la véranda en aboyant tout ce qu'il savait.

– Mais est-ce que cet avion ne va pas tomber ?

– Mais non !… Dis, tu as entendu parler du « mal de l'avion » ?

Sans répondre directement à mon beau-frère, je me contentai de secouer la tête en allumant une cigarette.

– Il paraît que les gens qui pilotent ce genre d'avions finissent par s'habituer à ne respirer que de l'air raréfié et que leurs poumons ne peuvent plus supporter l'air qu'on respire ici au sol…

La maison de ma belle-famille déjà loin derrière moi, je sentais un découragement exaspéré me gagner à chaque pas que je faisais à travers la forêt de pins où pas une feuille ne bougeait. Pourquoi cet avion avait-il justement choisi de passer au-dessus de ma tête plutôt qu'ailleurs ? Pourquoi ce maudit hôtel ne vendait-il que des Air Ship ? Obsédé par ces questions, je choisissais à dessein les chemins les plus déserts.

De l'autre côté de la dune, la mer se fondait dans une brume grise. À son sommet était plantée une balançoire sans siège. Les barres me firent instantanément songer à une potence ; deux ou trois corbeaux se tenaient d'ailleurs perchés sur la traverse. Même quand je fus là, aucun ne manifesta la moindre intention de s'en aller. Et je dirais même plus : ouvrant un bec énorme pointé vers le ciel, celui du milieu se mit à coasser – quatre fois, j'en suis certain.

Je longeais la digue de sable couverte d'herbes mortes mais je décidai brusquement de couper par un petit chemin principalement bordé de résidences secondaires. Je savais trouver sur le côté droit, masquée par de grands pins, une maison en bois de style européen avec un étage. (L'un de mes bons amis l'avait surnommée « la demeure du printemps ».) J'arrivai à l'endroit où elle devait se tenir : sur la chape de béton, une baignoire se dressait toute nue. Le feu ! Ce fut la première idée qui me vint à l'esprit. J'accélérai le pas, détournant la tête pour ne rien voir. Au même moment, un homme qui se dirigeait droit vers moi sur sa bicyclette se rapprocha à toute allure. Il était penché sur son guidon, le regard étrangement fixe sous une casquette pain brûlé. Soudain frappé par la ressemblance de son visage avec celui du mari de ma sœur, je coupai sur le côté avant qu'il n'arrivât à ma hauteur. Or il fallait encore que je rencontre là, gisant le ventre en l'air au beau milieu du sentier, le cadavre putréfié d'une taupe. La certitude que quelque chose me traquait avivait une angoisse à chaque pas plus intolérable. Et là, des rouages à demi transparents commencèrent à former un engrenage qui peu à peu obscurcissait ma vue. J'avançais la nuque raide, le cœur serré dans un étau à l'idée que la dernière heure était peut-être déjà arrivée. Les rouages tournaient de plus en plus vite et au fur et à mesure que leur nombre augmentait, l'image des pins qui sur ma droite enlaçaient leurs branches au cœur d'un silence impénétrable ne m'apparut bientôt plus que comme à travers une plaque de verre éclatée. Les battements de mon cœur me faisaient mal dans la poitrine ; je voulus m'arrêter je ne sais combien de fois mais je ne le pouvais pas, je continuais à avancer comme poussé en avant par une main invisible…

Une demi-heure plus tard, je me retrouvai chez moi, allongé sur le dos dans mon cabinet de travail au premier étage ; les yeux clos, j'essayais de surmonter la violente migraine qui me terrassait. Mais soudain je distinguai sous mes paupières une aile dont les plumes argentées étaient rangées comme des écailles. Cette vision s'était imprimée sur ma rétine avec une irréfutable précision. J'ouvris les yeux et fixai le plafond : je le savais, rien de tel ne pouvait s'y trouver ; je refermai les yeux, mais l'aile argentée se dessinait toujours aussi nettement dans le noir. Je me souvins tout à coup qu'une même aile était dessinée sur le capuchon du radiateur du dernier taxi que j'avais pris…

Un pas affolé grimpa alors l'escalier pour redescendre aussitôt en faisant sonner les marches. Ce pas, ce ne pouvait être que celui de ma femme ; saisi, je me levai et me penchant du haut des marches, interrogeai la pénombre du salon :

– Qu'est-ce qui se passe ?

– Non, rien du tout.

Relevant enfin son visage, elle poursuivit avec un sourire forcé :

– Vraiment, rien du tout. Mais comme ça, tout d'un coup, j'ai eu comme le pressentiment que tu allais mourir…

Ce fut le moment le plus terrifiant de ma vie. – Je n'ai plus la force de continuer à écrire. Vivre dans ces conditions m'est devenu une souffrance intolérable. Ah ! Si quelqu'un pouvait avoir le geste de m'étrangler tout doucement pendant mon sommeil…

1927
(*publication posthume*)

LA VIE D'UN IDIOT

Aru ahô no isshô

Je te laisse bien sûr la liberté de publier ou non ce manuscrit ainsi que le soin de choisir le moment et la manière de le faire.

Tu connais, je pense, la plupart des personnages qui apparaissent dans ce texte. Mais au cas où il serait publié, je souhaiterais que nul index n'y soit ajouté.

Je vis à présent dans le plus malheureux des bonheurs. Mais, aussi étrange qu'il puisse paraître, je ne regrette rien. Je plains seulement ceux qui ont eu le mauvais mari, le mauvais fils, le mauvais père que je suis. Alors, adieu. Dans ce manuscrit, je ne pense pas avoir, du moins consciemment, *plaidé ma cause.*

Une dernière chose : je te confie ce manuscrit à toi en particulier, car tu me connais, je crois, sans doute mieux que quiconque. (Du moins, une fois enlevée ma peau de citadin.) Dans ce récit, essaie – veux-tu – de rire de mon idiotie.

le 20 juin 1927

à Kume Masao *Akutagawa Ryûnosuke*

1
ÉPOQUE

Il se trouvait au premier étage d'une librairie. Il avait vingt ans. Perché sur une échelle de style européen appuyée contre les rayons, il cherchait de nouveaux livres. Maupassant, Baudelaire, Strindberg, Ibsen, Shaw, Tolstoï…

Le jour commença à baisser. Mais lui continuait à lire avec avidité les titres inscrits au dos des ouvrages. C'était moins des livres que la fin du siècle en soi qui était alignée là. Nietzsche, Verlaine, les frères Goncourt, Dostoïevski, Hauptmann, Flaubert…

Tout en luttant avec la pénombre, il recensait leurs noms un à un. Mais les livres commencèrent l'un après l'autre à se fondre dans l'obscurité languissante. Sa persévérance enfin lassée, il s'apprêtait à redescendre l'échelle quand, brusquement, une ampoule nue s'alluma juste au-dessus de sa tête. Immobile sur son échelle, il regardait les vendeurs et les clients qui remuaient entre les livres. Ils paraissaient étrangement petits ; et aussi tellement misérables !

« La vie humaine ne vaut pas même une ligne de Baudelaire. »

Il resta ainsi un instant à les contempler du haut de son échelle.

2
SA MÈRE

Les fous étaient tous vêtus d'un même vêtement gris. La grande salle déjà déprimante en soi ne l'en était que davantage. Installé à l'orgue, l'un des fous jouait avec ferveur un cantique. Au milieu de la pièce, un autre dansait, ou plus exactement se démenait en tous sens.

Il observait ce spectacle en compagnie d'un médecin au teint vermeil. Sa propre mère, dix ans plus tôt, ne différait en rien de ces êtres. En rien… – dans leur puanteur, il retrouvait parfaitement celle de sa mère.

– Bon, on y va ?

Le précédant dans le couloir, le médecin se dirigea vers une autre pièce. Là, dans un coin, des cerveaux trempaient dans d'énormes bocaux de verre emplis d'alcool. Sur l'un d'eux il aperçut une infime chose blanchâtre, comme si on avait fait couler un peu de blanc d'œuf. Tandis qu'il bavardait, debout, avec le médecin, il repensa encore à sa mère.

– L'homme à qui appartenait ce cerveau était ingénieur dans l'entreprise d'installations électriques X. Il n'arrêtait pas de se prendre pour une énorme dynamo d'un noir étincelant !

Pour mieux éviter les yeux du médecin, il regardait par la fenêtre. Dehors, il n'y avait rien qu'un mur de brique hérissé de tessons de bouteille ; seule la maigre mousse qui recouvrait le mur jetait çà et là un vague éclat blanchâtre.

3
MAISON

Il occupait une pièce située au premier étage d'une maison dans les faubourgs. En raison de l'instabilité du sol, l'étage se trouvait bizarrement incliné. C'était là que sa tante venait parfois lui chercher querelle – des disputes où, fatalement, ses parents adoptifs ne manquaient pas d'intervenir. Il aimait pourtant sa tante plus que quiconque. Restée célibataire toute sa vie, c'était déjà, à l'époque où lui n'avait encore que vingt ans, une vieille dame proche de la soixantaine.

Au premier étage de cette maison de banlieue, il s'était maintes fois demandé si ceux qui s'aiment devaient aussi toujours nécessairement se faire du mal ; sans jamais cesser de sentir dans l'inclinaison de l'étage quelque chose de funeste…

4
TÔKYÔ

La Sumida était terne sous le ciel nuageux. Il regardait par la fenêtre d'un petit bateau à vapeur les cerisiers de Mukôjima. Les cerisiers en fleur lui paraissaient aussi déprimants qu'un tas de chiffons. Mais dans ces arbres – dans ces cerisiers de Mukôjima qui étaient là depuis l'époque d'Edo –, il avait un jour découvert sa propre image.

5
EGO

Installé à la table d'un café en compagnie de l'un de ses aînés, il fumait cigarette sur cigarette. Il ouvrait rarement la bouche. Il prêtait en revanche une oreille fiévreusement attentive aux paroles de son interlocuteur.

– Aujourd'hui, j'ai passé la moitié de la journée en voiture.

– Vous aviez des affaires à régler ?

Le menton appuyé dans le creux de la main, son interlocuteur lui répondit avec la plus grande nonchalance du monde :

– Pas du tout. J'en avais envie, c'est tout.

Ces paroles lui ouvrirent les portes d'un royaume inconnu – le royaume de l'ego si proche de celui des dieux. Il ressentit une sorte de douleur, mais aussi de la joie.

Le café était extrêmement exigu. Néanmoins, sous le tableau du dieu Pan, un gommier dans un pot rouge laissait pendre paresseusement ses feuilles pulpeuses.

6
MALADIE

Un volumineux dictionnaire d'anglais ouvert dans le vent qui soufflait de la mer sans discontinuer, il suivait les mots du doigt.

Talaria : chaussure à brides, sandale.

Tale : histoire.

Talipot : palmier des régions orientales de l'Inde atteignant une hauteur de cinquante à cent pieds. Feuilles en parapluie, en éventail ou en chapeau. Fleurit une fois tous les soixante-dix ans…

Il imagina clairement les fleurs de ce palmier. C'est alors qu'il ressentit au fond de la gorge une démangeaison jusqu'alors inconnue et, sans qu'il pût le retenir, un crachat tomba sur le dictionnaire. Un crachat ?… Non, ce n'en était pas un. Il songea à la brièveté de la vie et imagina à nouveau les fleurs du palmier – les fleurs de ce palmier qui là-bas, loin de l'autre côté de la mer, se dressait haut dans le ciel.

7
PEINTURE

Soudain – ce fut vraiment soudain. Arrêté à la devanture d'une librairie, il regardait un livre de peintures de Van Gogh quand soudain il comprit la peinture. Le livre ne reproduisait bien sûr que des photographies. Mais, même à travers elles, il sentait vivre la nature dans toute sa fraîcheur.

La passion qu'il nourrit pour ces peintures transforma sa vision des choses. Il se mit inconsciemment à prêter une attention continuelle aux sinuosités des branches d'arbres et à la courbe des joues des femmes.

Un jour d'automne pluvieux, il passait au crépuscule sous le pont de chemin de fer d'un quelconque faubourg. Sous le remblai de l'autre côté du pont, une charrette était arrêtée. Alors qu'il la dépassait, il eut tout à coup le sentiment que quelqu'un avait avant lui passé ce chemin. Quelqu'un ? Il savait très bien qui. Il avait vingt-trois ans et dans son cœur il y avait un Hollandais avec une oreille coupée qui, une longue pipe à la bouche, fixait sur ce paysage un regard perçant…

8
ÉTINCELLES

Il s'en allait, trempé par la pluie, sur la route asphaltée. La pluie était assez violente. Il sentait dans la bruine l'odeur de son manteau ciré.

Mais brusquement, juste devant lui, un câble électrique s'étoila d'un bouquet d'étincelles violet. Une étrange excitation le saisit. Dans la poche de sa veste était enfoui le manuscrit qu'il allait publier dans la revue de leur petit cercle littéraire. Poursuivant sa marche, il se retourna pour regarder encore une fois le câble.

Les étincelles déchiquetaient toujours la pluie. Il avait beau interroger la vie, rien ne lui faisait particulièrement envie. Mais ces étincelles violettes – ces étincelles extraordinaires qui fusaient dans l'espace –, il aurait, fût-ce au prix de sa vie, voulu les saisir dans sa main.

9
CADAVRES

Les cadavres portaient tous au gros orteil une étiquette attachée avec du fil de fer. On y avait inscrit le nom, l'âge et divers autres renseignements. Penché en avant et maniant le scalpel avec dextérité, son ami commença à décoller la peau du visage de l'un des corps. Sous la peau s'étendait une belle couche de graisse jaune.

Il regardait le cadavre avec attention. Il en avait besoin pour terminer un récit – une histoire qui se déroulait à l'époque Heian –, mais l'odeur d'abricot pourri qui se dégageait du corps lui soulevait le cœur. Les sourcils froncés, son ami continuait à manier tranquillement le scalpel.

– En ce moment, on manque vraiment de cadavres.

Sa réponse fut prête sur-le-champ : « Si moi je manquais de cadavres, eh bien ! je tuerais quelqu'un sans le moindre sentiment d'animosité. » Il garda évidemment cette réponse pour lui.

10
LE MAÎTRE

Il lisait un livre du Maître à l'ombre d'un grand chêne. Dans la lumière du soleil d'automne, pas une feuille ne bougeait. Au loin, dans l'espace, une balance aux plateaux de verre observait un équilibre rigoureux. Telle était l'image qu'il ressentait en lisant le livre du Maître…

11
AUBE

Le jour se levait peu à peu. Au coin d'une rue, son regard embrassa un vaste marché. La foule qui s'y pressait, les voitures, tout fut nimbé d'une lumière rose.

Il alluma une cigarette et s'engagea paisiblement dans le marché. Un chien noir efflanqué se mit alors brusquement à aboyer dans sa direction. Il n'en ressentit pourtant aucune frayeur. Bien plus : il éprouvait même de l'affection pour ce chien.

Un platane déployait l'ample dessin de ses branches au milieu de la place. S'arrêtant au pied de l'arbre, il leva les yeux vers le ciel : tout là-haut entre les branches, une étoile brillait juste au-dessus de sa tête.

Il avait alors vingt-cinq ans, c'était juste trois mois après qu'il eut rencontré le Maître.

12
PORT MILITAIRE

L'intérieur du sous-marin était plongé dans la pénombre. Accroupi au milieu des machines qui envahissaient toute la pièce, il regardait dans une longue-vue. Elle lui renvoyait le paysage ensoleillé d'un port militaire.

– Là-bas, vous devez aussi apercevoir le *Kongô*, lui dit un officier.

Tandis qu'il observait dans la lentille carrée l'image minuscule du navire de guerre, sans savoir pourquoi, il songea brusquement à du persil – ce persil qui embaume de son parfum délicat même un steak à trente sous la part.

13
LA MORT DU MAÎTRE

Dans le vent qui avait succédé à la pluie, il arpentait le quai d'une gare de chemin de fer nouvellement ouverte. Le ciel était encore sombre. De l'autre côté du quai, levant et abaissant leur pioche en cadence, trois quatre cheminots chantaient un air quelconque d'une voix forte.

Le vent qui avait succédé à la pluie déchirait en lambeaux la chanson des cheminots et ses sentiments. Oubliant d'allumer sa cigarette, il ressentait une souffrance proche de la joie. « Maître état critique » : ce télégramme enfoncé dans la poche de son manteau…

Le train de six heures du matin en direction de Tôkyô se profila alors en face de lui derrière la courbe de la montagne couverte de pins ; surmonté d'un léger panache de fumée, il se rapprochait en sinuant.

14
MARIAGE

« Il est ennuyeux que dès ton arrivée tu fasses des dépenses inutiles », avait-il reproché à sa femme le lendemain de leur mariage. C'était à vrai dire sa tante qui lui avait enjoint de faire cette remontrance. Sa femme avait présenté ses excuses, à lui bien sûr mais aussi à sa tante ; le pot de jonquilles qu'elle avait acheté pour lui posé devant eux…

15
EUX

Ils menaient une vie paisible, à l'ombre des larges feuilles d'un bananier – parce qu'ils habitaient une ville du bord de mer qui se trouvait, en train, à une bonne heure de Tôkyô.

16
OREILLER

Il lisait un livre d'Anatole France, la tête appuyée sur l'oreiller du scepticisme qui dégageait un parfum de feuilles de rose ; sans s'apercevoir qu'un centaure s'était glissé à son insu dans cet oreiller.

17
PAPILLON

Un papillon voltigeait dans le vent où planait une odeur d'herbes aquatiques. Il sentit les ailes du papillon effleurer ses lèvres sèches une infime seconde. Mais le velours des ailes qui les avaient un jour caressées en passant brillait encore sur ses lèvres tant d'années plus tard.

18
LUNE

Il la rencontra par hasard dans l'escalier d'un hôtel. Même ainsi en pleine journée, son visage semblait baigner dans le clair de lune. Tandis qu'il la suivait du regard (ils ne se connaissaient pas même un peu), il ressentit une tristesse jusqu'alors inconnue…

19
AILES ARTIFICIELLES

D'Anatole France, il passa aux philosophes du XVIIIe siècle. Mais il évita Rousseau. Par l'un de ses côtés – son côté impulsif –, il ressemblait à Rousseau ; peut-être était-ce à cause de cela. Il fréquenta le philosophe de Candide à qui il ressemblait par un autre de ses côtés – son côté froidement raisonneur.

Il avait vingt-neuf ans et pour lui la vie avait déjà perdu tout éclat. Mais Voltaire lui fournit des ailes artificielles.

Déployant ses ailes artificielles, il s'élevait, léger, dans le ciel. Au-dessous de lui, les feux de la raison faisaient chavirer dans l'ombre les joies et les peines de la vie humaine. Égrenant sur les villes misérables sourires et antiphrases, il s'élevait droit dans les airs où rien n'entravait sa course, toujours plus haut vers le soleil ; comme s'il avait oublié ce Grec qui jadis, ses ailes artificielles pareilles aux siennes brûlées par le soleil, s'était abîmé dans la mer…

20
MENOTTES

Il fut décidé que sa femme et lui vivraient désormais sous le même toit que ses parents adoptifs en raison du contrat qu'il venait de signer avec un certain journal. Il s'était fié à ce contrat rédigé sur une feuille de papier jaune. Mais quand il le relut après coup, il comprit : le journal n'était lié par aucune obligation, lui seul l'était.

21
LA FILLE D'UNE FOLLE

Les deux pousse-pousse traversaient la campagne déserte sous un ciel brouillé. On devinait au souffle de brise marine que le chemin menait à la mer. Installé dans le second pousse-pousse, il se demandait ce qui avait bien pu l'inciter à venir, s'étonnant lui-même de n'éprouver strictement aucun intérêt pour ce rendez-vous. Ce n'était certes pas l'amour. Si ce n'était pas l'amour… – éludant la réponse, il dut reconnaître : « Nous sommes tout au moins sur un pied d'égalité. »

L'occupante du premier pousse-pousse était la fille d'une folle. Sa sœur cadette s'était d'ailleurs suicidée par jalousie.

« Il n'y a plus rien à faire. »

Cette fille – cette fille d'une folle qui ne vivait qu'en fonction de son instinct animal – lui inspirait de la haine.

Les deux pousse-pousse longeaient à présent un cimetière qui sentait la mer. De l'autre côté de la haie de branchages tapissée de coquilles d'huîtres se dressaient, toutes noires, des tours funéraires. Il contemplait la mer qui scintillait doucement par-delà les monticules de pierres et, brusquement, il se mit à mépriser le mari de cette fille d'une folle – son mari qui ne possédait pas son cœur…

22

UN PEINTRE

C'était une simple illustration dans une revue quelconque. Mais le dessin à l'encre de Chine, qui représentait un coq, reflétait une personnalité extraordinaire. Il se renseigna sur l'artiste auprès de l'un de ses amis.

Une semaine plus tard environ, le peintre lui rendit visite. Ce fut l'un des événements les plus marquants de sa vie. Il découvrit dans ce peintre une poésie ignorée de tous. Bien plus : il y découvrit aussi sa propre âme dont il avait jusqu'alors tout ignoré.

La nuit tombait sur un jour d'automne frileux ; en voyant un brin de millet de Chine, il songea aussitôt à ce peintre. Sous l'armure des feuilles tourmentées, la haute graminée laissait courir sur le monticule de terre ses fines racines pareilles à des fibres nerveuses ; son autoportrait à lui aussi si vulnérable. Mais cette découverte ne réussit qu'à le déprimer.

– Il est déjà trop tard. Mais, quand il le faudrait…

23
ELLE

La place se fondait devant lui dans l'ombre naissante. Il la traversait, le corps un peu fiévreux. Les lumières allumées aux fenêtres des immeubles trouaient le ciel légèrement argenté.

Il s'arrêta au bord du trottoir, décidant d'attendre là sa venue. Cinq minutes plus tard, elle s'avançait déjà vers lui, les traits tirés. Mais elle ne l'eut pas plus tôt aperçu qu'elle se mit à sourire en disant : « Je suis exténuée ! » Ils traversèrent épaule contre épaule la place envahie par la pénombre. C'était pour eux la première fois. Pour rester avec elle, il se sentait capable de tout abandonner.

Ils prirent un taxi ; elle lui dit alors en le dévisageant d'un air grave : « Tu n'as pas de regret ? » Il répondit d'un ton ferme : « Je ne regrette rien. » Elle pressa sa main : « Moi non plus, je ne regrette rien. » À ce moment-là aussi, son visage semblait baigner dans le clair de lune.

24
NAISSANCE

Debout près de la cloison coulissante, il regardait la sage-femme en blouse blanche laver le nourrisson. Chaque fois que le savon pénétrait dans ses yeux, le bébé faisait de touchantes grimaces ; il n'arrêtait pas en fait de vagir de tous ses poumons.

Il sentait l'odeur du nourrisson, comme celle d'un souriceau, et il ne pouvait s'empêcher de penser du plus profond de son être :

« Pourquoi as-tu toi aussi vu le jour ? Dans un monde pareil… Pourquoi le destin t'a-t-il donné un père tel que moi ? »

C'était pourtant le premier fils que sa femme mettait au monde.

25
STRINDBERG

Il observait du seuil de la pièce quelques Chinois crasseux qui jouaient au mah-jong dans le clair de lune où brillaient les fleurs d'un grenadier. Puis, réintégrant sa chambre, il commença à lire sous la lampe basse la *Confession d'un fou* de Strindberg. Mais deux trois pages suffirent à faire naître sur ses lèvres un sourire narquois : dans les lettres destinées à la comtesse son amante, Strindberg écrivait à peu près le même genre de mensonges que lui…

26
ANTIQUITÉ

Les bouddhas, les divinités, les chevaux et les fleurs de lotus aux couleurs écaillées l'oppressaient presque. Les yeux levés vers eux, il oubliait tout ; même son bonheur d'avoir rompu avec la fille d'une folle…

27
DISCIPLINE SPARTIATE

Il se promenait avec un ami à travers les ruelles. Un pousse-pousse où vacillait une lanterne se dirigea alors droit dans leur direction. Quelle surprise ! Sa passagère était la femme de la veille. Même ainsi en pleine journée, son visage semblait baigner dans le clair de lune. Ils n'échangèrent bien sûr devant son ami pas même un salut.

– Quelle jolie femme ! s'exclama son ami.

Ce à quoi il répondit sans hésiter, les yeux fixés devant lui sur la montagne resplendissante de printemps :

– Oui, vraiment, quelle jolie femme !

28
MEURTRE

Une odeur de bouse de vache flottait sur la campagne gorgée de soleil. Il gravissait le chemin légèrement escarpé en épongeant sa sueur. De chaque côté de la sente, les blés mûrs exhalaient un parfum enivrant.

– Tue-le, tue-le !…

Ses lèvres répétaient ces mots inconsciemment. Tuer qui ? – Il ne le savait que trop. Il pensait à cet homme aux cheveux ras et on ne pouvait plus abject. Par-delà l'or des blés s'arrondit alors soudain le dôme d'une église catholique romaine…

29
FORME

C'était un flacon à saké en fer. Ce flacon ciselé de fines nervures lui avait, à son insu, enseigné la beauté de la « forme ».

30
PLUIE

Allongés sur le grand lit, ils bavardaient de choses et d'autres. Dehors, derrière les carreaux de la chambre, c'était la pluie ; les fleurs de l'*omoto* des sables pourrissaient visiblement peu à peu. Son visage semblait toujours baigner dans le clair de lune. Leur conversation ne manquait cependant pas de l'ennuyer. Couché sur le ventre, il alluma tranquillement une cigarette et songea que cela faisait déjà sept ans qu'il vivait avec elle. Il s'interrogea :

– Est-ce que je l'aime ?

Même pour lui pourtant habitué à s'analyser, la réponse fut inattendue :

– Oui, je l'aime toujours.

31
LE GRAND TREMBLEMENT DE TERRE

Cela ressemblait à l'odeur que dégagent des abricots trop mûrs. Elle assaillait imperceptiblement ses narines tandis qu'il marchait à travers les décombres et il songeait que l'odeur des cadavres putréfiés par la chaleur torride n'était finalement pas si désagréable. Mais quand il arriva au bord de l'étang qui n'était qu'un monceau de cadavres, il comprit que, d'un point de vue sensoriel, le mot « horreur » n'avait rien d'excessif. Le cadavre d'un enfant de douze, treize ans le bouleversa plus que tout. Il regardait ce cadavre, le cœur envieux. Une phrase lui revint en mémoire : « Ceux que les dieux aiment meurent jeunes. » Sa sœur aînée et son demi-frère avaient tous deux eu leur maison brûlée. Le mari de sa sœur avait quant à lui été condamné avec sursis pour faux témoignage…

– Qu'ils crèvent tous nom d'un chien !

Immobile au milieu des décombres, c'est ce qu'il murmurait au fond de lui-même.

32
QUERELLE

La querelle avec son demi-frère avait dégénéré en lutte. La personnalité de son frère se trouvait indéniablement souvent écrasée à cause de lui. Il était néanmoins tout aussi incontestable qu'il avait, lui, perdu à cause de son frère sa liberté. Toute la famille se relayait pour dire à son jeune frère : « Prends donc exemple sur ton aîné. » Mais pour lui, c'était exactement comme si on lui liait les pieds et les poings. Leurs deux corps entremêlés, ils finirent par rouler sur la véranda. Il s'en souvenait encore : là, dans le jardin, un lagerströmia… – sous le ciel lourd de pluie, l'arbre était couvert de fleurs rouge feu.

33
HÉROS

Il contemplait un jour les hautes montagnes par l'une des fenêtres de la maison de Voltaire. Au-dessus des pics couverts de glaciers ne planait pas même l'ombre d'un vautour. Un Russe de petite taille gravissait en revanche le sentier à flanc de montagne avec une opiniâtreté soutenue.

Quand la nuit fut tombée sur la maison de Voltaire, il écrivit sous la lampe claire ce poème « engagé » – en songeant à la silhouette de ce Russe qui gravissait le sentier à flanc de montagne…

Toi qui plus que personne as observé les dix commandements
Toi qui plus que personne as violé les dix commandements

Toi qui plus que personne as aimé le peuple
Toi qui plus que personne as méprisé le peuple

Toi qui plus que personne brûlais du feu de l'idéal
Toi qui mieux que personne connaissais la réalité

Tu es ce train électrique au parfum champêtre
Que notre Asie a engendré.

34
COULEUR

À trente ans, il découvrit qu'il aimait un terrain vague. Il n'y avait là, jonchant le tapis de mousse, que quelques débris de brique et de tuile épars. Mais à ses yeux, c'était un véritable tableau de Cézanne.

Il se rappela soudain la passion qui l'animait sept

ou huit ans plus tôt, mais en ce temps-là, il ne savait pas ce qu'était la couleur.

35
POLICHINELLE

Il voulait vivre intensément de sorte à ne rien regretter, quelle que fût l'heure de sa mort. Mais il n'en continuait pas moins à mener une vie pleine de gêne à l'égard de ses parents adoptifs et de sa tante. Sa vie se trouva ainsi divisée en deux zones : l'une d'ombre, l'autre de lumière. Il avait vu un jour, debout dans une boutique de vêtements européens, un polichinelle et il s'était alors demandé jusqu'à quel point il n'en était pas lui-même un. Mais son inconscient – ou en d'autres termes son second moi – avait depuis longtemps déjà avoué ce sentiment dans l'un de ses récits.

36
LASSITUDE

Il marchait en compagnie d'un étudiant à travers les champs de *susuki.*

– Vous tous, à votre âge, vous devez encore avoir une violente soif de vivre, n'est-ce pas ?

– Oui, bien sûr..., mais vous-même...

– Eh bien justement, moi non ! La soif d'écrire, ça oui, je l'ai.

Ce n'était que la stricte vérité. Il avait un beau jour réellement perdu tout intérêt pour la vie.

– Mais la soif d'écrire, c'est aussi la soif de vivre, non ?

Il ne répondit rien. Dans le champ de *susuki*, au-dessus des épis rouges, la ligne nette d'un volcan se dessina soudain. Un sentiment de jalousie pour ce volcan s'empara de lui. Mais lui-même ne savait pas pourquoi…

37

CELLE QUI VIENT DU NORD

Il rencontra une femme qui pouvait, même par l'esprit, se mesurer à lui. Mais il composa un poème lyrique – *Celle qui vient du nord* – et échappa ainsi quelque peu à ce danger. Il éprouva la même douloureuse sensation que s'il ôtait d'un tronc d'arbre une écorce de glace étincelante.

Emporté par le vent le chapeau de paille
Sur le chemin un jour retombera
Que m'importe mon nom
Je n'adore que le tien.

38
VENGEANCE

Il se trouvait sur le balcon d'un hôtel enfoui sous les arbres couverts de bourgeons. Il faisait des dessins pour distraire un jeune garçon – le fils unique de la fille d'une folle avec qui il avait rompu sept ans plus tôt.

La fille d'une folle alluma une cigarette ; elle les regardait jouer. Le cœur lourd, lui continuait à dessiner des trains et des avions. Par bonheur, l'enfant n'était pas de lui. Mais s'entendre appeler « mon oncle » lui était intolérable.

Le jeune garçon disparut quelque part ; continuant à fumer, la fille d'une folle lui demanda alors d'un ton enjôleur :

– Tu ne trouves pas que cet enfant te ressemble ?

– Pas du tout ! D'abord...

– La « puériculture prénatale », ça existe bien aussi, non ?

Il détourna les yeux sans rien répliquer. Mais au fond de lui, il n'en ressentait pas moins une cruelle envie d'étrangler cette femme.

39
MIROIR

Il discutait au fond d'un café avec un ami. Ce dernier parlait du froid qui régnait depuis quelque temps tout en avalant des pommes cuites. Il perçut soudain comme une contradiction dans ce bavardage.

– Dis-moi, tu es bien toujours célibataire ?

– Plus vraiment, je me marie le mois prochain.

Il ne trouva malgré lui plus rien à dire. Le miroir fixé au mur du café lui renvoyait le reflet multiplié de son image. Froidement, comme une menace…

40
DIALOGUE

Pourquoi attaques-tu le système social actuel ?

Parce que je vois les maux engendrés par le capitalisme.

Les maux ? Je croyais que tu ne faisais pas de différence entre le Bien et le Mal. Bon, et ta vie ?

… Il dialoguait ainsi avec un ange – un ange qui, il faut dire, était coiffé d'un haut-de-forme et qui n'aurait eu honte devant personne…

41
MALADIE

Il commença à souffrir d'insomnies. Ses forces physiques commencèrent aussi à décliner. Divers médecins avaient diagnostiqué deux ou trois maladies différentes chacun : hyperchlorhydrie, atonie gastrique, pleurésie sèche, neurasthénie, conjonctivite chronique, fatigue cérébrale…

Mais lui savait fort bien quelles étaient les racines de son mal : la honte de soi et la peur des autres ; les autres… – cette société qu'il méprisait !

Par un après-midi au ciel lourd de neige, il était installé au fond d'un café ; il écoutait en fumant la musique qui s'écoulait du gramophone de l'autre côté de la salle. C'était une musique qui faisait étrangement vibrer toutes les fibres de son corps. Il attendit qu'elle se fût tue puis alla jusqu'à l'appareil ; il regarda l'étiquette collée sur le disque :

La Flûte enchantée – Mozart

Tout lui devint clair sur-le-champ. Mozart – ce Mozart qui avait violé les dix commandements – savait nécessairement ce qu'était la détresse. Mais comme lui-même !… La tête baissée, il retourna lentement à sa table.

42

LE RIRE DES DIEUX

Il avait trente-cinq ans. Il marchait à travers la forêt de pins que baignait le soleil printanier – tout en songeant à ces mots qu'il avait écrits deux ou trois ans plus tôt : « Malheureusement pour eux, les dieux ne peuvent pas, comme nous, se suicider… »

43
NUIT

La nuit tombait à nouveau. La mer en furie éclaboussait inlassablement la pénombre de ses embruns. Il célébra sous ce ciel un second mariage avec sa femme. C'était pour eux une joie ; et aussi une souffrance. Leurs trois enfants contemplaient avec eux les éclairs qui sillonnaient le large. L'un d'eux pressé contre son sein, sa femme retenait, semble-t-il, ses larmes.

– Tout là-bas, c'est bien un bateau ?

– Oui.

– Un bateau au mât brisé en deux.

44
MORT

Profitant de ce qu'il restait seul dans la chambre, il voulut s'étrangler avec une ceinture accrochée au treillis de la fenêtre. Toutefois, dès qu'il eut passé son cou dans la boucle, il se mit soudain à redouter la mort. Mais ce n'était pas par crainte de souffrir. Il reprit sa montre, curieux de mesurer à titre expérimental le temps que prendrait la strangulation. Après un bref instant de souffrance, tout commença à devenir confus. Passé ce cap, c'était probablement le glissement vers la mort. Il consulta les aiguilles de la montre : la sensation de douleur avait duré une minute et quelque vingt secondes. Derrière le treillis de la fenêtre, il faisait nuit noire. Mais dans les ténèbres s'élevait le chant fougueux d'un coq.

45
LE DIVAN

Le Divan insufflait encore une fois à son âme des forces nouvelles. Il s'agissait du « Goethe oriental » qu'il ne connaissait pas encore. En voyant Goethe dressé avec sérénité sur la rive opposée à celle de toutes les formes du Bien et du Mal, il fut saisi d'un sentiment d'envie proche du désespoir. Le poète Goethe dépassait à ses yeux le poète Jésus-Christ. Dans le cœur de ce poète fleurissaient non seulement les roses de l'Acropole et du Golgotha mais aussi celles de l'Arabie. S'il avait seulement eu assez de force pour marcher sur ses pas… Il acheva la lecture du *Divan* et une fois son effrayante émotion apaisée, il ne put s'empêcher de se mépriser du plus profond de soi – de mépriser l'eunuque qu'il était dans sa façon de vivre.

46
MENSONGE

Le suicide du mari de sa sœur fut un choc brutal. Il allait désormais lui falloir prendre aussi en charge la famille de sa sœur. Son avenir était – du moins à ses yeux – aussi sombre qu'un jour au crépuscule. Sa faillite spirituelle ne lui inspirait qu'un froid sourire de dérision – il connaissait de bout en bout tous ses vices et toutes ses faiblesses – et il continua invariablement à lire toutes sortes de livres. Mais même *Les Confessions* de Rousseau n'étaient qu'un fatras de mensonges héroïques. Sans parler de *Vie nouvelle* !... Il n'avait de sa vie jamais vu d'hypocrite plus madré que le héros de ce récit. Seul François Villon parlait à tout son être. Il avait, dans quelques-uns de ses poèmes, découvert un « beau mâle ».

La silhouette de Villon attendant d'être pendu le hantait jusque dans ses rêves. Il tenta maintes fois de tomber, comme Villon, au plus bas de la vie humaine. Mais ni son milieu ni son énergie physique ne lui en donnaient la liberté. Il s'affaiblissait toujours plus ; exactement comme l'arbre que vit Swift – un arbre qui se desséchait par la cime...

47
JEU DE FEU

Elle avait un visage radieux. On aurait dit le soleil du petit matin scintillant sur une fragile couche de glace. Il éprouvait pour elle de l'affection. Mais de l'amour, non. Il n'avait d'ailleurs jamais touché d'un doigt le corps de cette femme.

– Alors, comme ça, vous avez envie de mourir ?

– Hmm… – enfin, ce n'est pas tellement que j'ai envie de mourir : je suis seulement las de vivre.

À la suite de ce dialogue, ils se promirent de mourir ensemble.

– Un suicide platonique, n'est-ce pas !

– Double suicide platonique !

Son calme l'étonnait lui-même.

48
MORT

Il ne mourut pas avec elle. Il était toutefois content, sans savoir exactement pourquoi, de n'avoir encore jamais touché son corps. Elle bavardait parfois avec lui comme si rien ne s'était passé. Elle lui remit aussi un flacon de cyanure qu'elle possédait, lui disant :

– Avec ça, nous nous sentirons mutuellement plus forts.

Ce geste lui avait indiscutablement redonné du courage. Assis, seul, dans un fauteuil de rotin, il regardait le jeune feuillage des pasanies en songeant à la paix que lui procurait parfois la mort.

49
CYGNE EMPAILLÉ

Rassemblant ses dernières forces, il voulut rédiger son autobiographie. Mais cela fut plus difficile qu'il ne l'avait imaginé : il restait encore trop susceptible, trop sceptique et calculateur aussi. Il ne pouvait s'empêcher de se mépriser. Sans pouvoir par ailleurs s'empêcher de penser : « Que l'on gratte un peu la peau : dessous, nous sommes tous les mêmes. » *Poésie et vérité* : le titre à son sens de toute autobiographie. Il savait en outre pertinemment que chacun n'était pas ému de la même façon par une œuvre artistique. Ceux que ses œuvres touchaient ne pouvaient qu'être des gens qui lui ressemblaient et qui avaient vécu une vie semblable à la sienne. – Ce sentiment entrait également en jeu. C'est pourquoi il avait entrepris d'écrire brièvement sa « Poésie et vérité ».

La vie d'un idiot était achevée quand il découvrit un cygne empaillé dans la boutique d'un antiquaire. L'oiseau était debout, le cou tendu, mais ses ailes jaunies étaient trouées par les mites. Songeant à sa vie, il sentit un sourire de dérision brouillé de larmes lui monter aux lèvres. La folie ou le suicide, c'était tout ce qui l'attendait. Il marchait, solitaire, dans les rues où tombait la nuit, résolu à attendre le destin qui, lentement, viendrait l'anéantir.

50
PRISONNIER

L'un de ses amis succomba à la folie. Il avait toujours éprouvé de la sympathie pour cet ami ; il comprenait intimement sa solitude – toute la solitude qui se cachait sous le masque enjoué. Après que son ami fut devenu fou, il lui rendit visite deux ou trois fois.

– Toi et moi, on est possédé par un démon – le fameux démon de la Fin du Siècle, lui dit son ami en baissant la voix.

Mais alors qu'il se rendait deux ou trois jours plus tard dans une station thermale, il mangeait, paraît-il, des roses. Après l'hospitalisation de son ami, il se souvint du buste de terre cuite qu'il lui avait offert un jour, celui de l'auteur du *Revizor* que son ami aimait. Il songea que Gogol était aussi mort fou et ne put alors s'empêcher de sentir une force qui les dominait tous.

Il était déjà au bord de l'épuisement quand il entendit à nouveau le rire des dieux en lisant le dernier message laissé par Radiguet. La phrase disait : « Les soldats de Dieu viendront me chercher. » Il essaya de lutter contre sa superstition et son sentimentalisme, mais il était physiquement incapable de se battre contre quoi que ce soit. Il n'y avait pas à en douter, il était la proie du « démon de la Fin du Siècle ». Il enviait les hommes du Moyen Âge qui s'en remettaient à Dieu. Mais croire en Dieu… – croire en l'amour de Dieu lui était définitivement impossible ; Dieu en qui pourtant même Cocteau croyait !

51
DÉFAITE

La main qui tenait le stylo commença à trembler. La salive se mit à couler de sa bouche. Hormis les rares moments de lucidité que lui procurait le Véronal 0,8, il n'avait pas un seul instant l'esprit clair. Les moments de lucidité duraient d'ailleurs tout au plus une demi-heure ou une heure. Il vivait seulement au jour le jour dans une sorte de pénombre – en s'appuyant sur un sabre dont la lame mince avait pour ainsi dire fini par s'émousser.

Juin 1927
(publication posthume)

DÉCOUVREZ LES FOLIO 2 €

Parutions de janvier 2011

Ryûnosuke AKUTAGAWA — *La vie d'un idiot* précédé d'*Engrenage*

Deux nouvelles posthumes de ce grand auteur de la littérature japonaise, terribles pages qui préparent la mise en scène de son suicide...

ANONYME — *Saga d'Eiríkr le Rouge* suivi de *Saga des Groenlandais*

Le nom d'Eiríkr le Rouge évoque l'aventure, la bravoure, la magie des Vikings et les découvertes des contrées sauvages du Grand Nord...

Antoine BELLO — *Go Ganymède !*

Avec une intelligence diabolique et un humour corrosif, cette nouvelle d'anticipation illustre les enjeux et l'absurdité de la conquête spatiale.

Adalbert von CHAMISSO — *L'étrange histoire de Peter Schlemihl*

Vendre son âme au Diable... un des thèmes fondateurs du romantisme allemand, à découvrir dans ce texte pétillant d'une étonnante modernité.

COLLECTIF — *L'art du baiser.* Les plus beaux baisers de la littérature

Baisers timides, tremblants, baisers fougueux, voluptueux, brûlants...
D'Ovide, Shakespeare... à David Foenkinos ou Philippe Forest : laissez-vous emporter par ces baisers qui donnent envie de tomber amoureux.

Alexandre DUMAS — *La main droite du sire de Giac* et autres nouvelles

Le Diable n'est jamais très loin dans ces nouvelles de Dumas. Il joue des faiblesses des hommes pour leur faire commettre l'irréparable.

Guy GOFFETTE — *Les derniers planteurs de fumée*

Souvenirs, portraits d'un vagabond furtif, ces courts récits s'offrent comme une variation musicale autour du mot de Rimbaud : « On ne part pas. »

H. P. LOVECRAFT *L'horreur de Dunwich*
Verrouillez les portes, calfeutrez les fenêtres et allumez toutes les lumières avant d'ouvrir ce livre...

Léon TOLSTOÏ *Le Diable*
Peut-on résister aux tentations de la chair ? Tolstoï nous dresse un tableau diabolique de la sensualité.

Edith WHARTON *Le miroir* suivi de *Miss Mary Pask*
Spiritisme, apparition de fantômes, messages de l'au-delà... Edith Wharton révèle avec un humour piquant que les fantômes ne survivent que dans l'imagination de ceux qui les évoquent.

Dans la même collection

M. D'AGOULT	*Premières années* (Folio n° 4875)
R. AKUTAGAWA	*Rashômon* et autres contes (Folio n° 3931)
E. ALMASSY	*Petit éloge des petites filles* (Folio n° 4953)
AMARU	*La Centurie. Poèmes amoureux de l'Inde ancienne* (Folio n° 4549)
P. AMINE	*Petit éloge de la colère* (Folio n° 4786)
M. AMIS	*L'état de l'Angleterre* précédé de *Nouvelle carrière* (Folio n° 3865)
H. C. ANDERSEN	*L'elfe de la rose* et autres contes du jardin (Folio n° 4192)
H. C. ANDERSEN	*La Vierge des glaces* (Folio n° 5120)
ANONYME	*Ma'rûf le savetier.* Un conte des *Mille et Une Nuits* (Folio n° 4317)
ANONYME	*Le Petit-Fils d'Hercule* (Folio n° 5010)
ANONYME	*Le poisson de jade et l'épingle au phénix* (Folio n° 3961)
ANONYME	*Saga de Gísli Súrsson* (Folio n° 4098)

G. APOLLINAIRE	*Les Exploits d'un jeune don Juan* (Folio n° 3757)
ARAGON	*Le collaborateur* et autres nouvelles (Folio n° 3618)
I. ASIMOV	*Mortelle est la nuit* précédé de *Chante-cloche* (Folio n° 4039)
S. AUDEGUY	*Petit éloge de la douceur* (Folio n° 4618)
AUGUSTIN (SAINT)	*La Création du monde et le Temps* suivi de *Le Ciel et la Terre* (Folio n° 4322)
MADAME D'AULNOY	*La Princesse Belle Étoile et le prince Chéri* (Folio n° 4709)
J. AUSTEN	*Lady Susan* (Folio n° 4396)
M. AYMÉ	*La bonne peinture* (Folio n° 5011)
H. DE BALZAC	*La Fausse Maîtresse* (Folio n° 5063)
H. DE BALZAC	*L'Auberge rouge* (Folio n° 4106)
H. DE BALZAC	*Les dangers de l'inconduite* (Folio n° 4441)
É. BARILLÉ	*Petit éloge du sensible* (Folio n° 4787)
J. BARNES	*À jamais* et autres nouvelles (Folio n° 4839)
F. BARTELT	*Petit éloge de la vie de tous les jours* (Folio n° 4954)
S. DE BEAUVOIR	*La Femme indépendante* (Folio n° 4669)
T. BENACQUISTA	*La boîte noire* et autres nouvelles (Folio n° 3619)
K. BLIXEN	*L'éternelle histoire* (Folio n° 3692)
K. BLIXEN	*Saison à Copenhague* (Folio n° 4911)
BOILEAU-NARCEJAC	*Au bois dormant* (Folio n° 4387)
M. BOULGAKOV	*Endiablade* (Folio n° 3962)

M. BOULGAKOV	*J'ai tué* et autres récits (Folio n° 5012)
P. BOWLES	*L'éducation de Malika* (Folio n° 5121)
R. BRADBURY	*Le meilleur des mondes possibles* et autres nouvelles (Folio n° 5062)
R. BRADBURY	*Meurtres en douceur* et autres nouvelles (Folio n° 4143)
L. BROWN	*92 jours* (Folio n° 3866)
S. BRUSSOLO	*Trajets et itinéraires de l'oubli* (Folio n° 3786)
R. CAILLOIS	*Noé* et autres textes (Folio n° 4955)
J. M. CAIN	*Faux en écritures* (Folio n° 3787)
MADAME CAMPAN	*Mémoires sur la vie privée de Marie-Antoinette* (Folio n° 4519)
A. CAMUS	*Jonas ou l'artiste au travail* suivi de *La pierre qui pousse* (Folio n° 3788)
A. CAMUS	*L'été* (Folio n° 4388)
T. CAPOTE	*Cercueils sur mesure* (Folio n° 3621)
T. CAPOTE	*Monsieur Maléfique* et autres nouvelles (Folio n° 4099)
A. CARPENTIER	*Les élus* et autres nouvelles (Folio n° 3963)
CASANOVA	*Madame F.* suivi de *Henriette* (Folio n° 4956)
M. DE CERVANTÈS	*La petite gitane* (Folio n° 4273)
R. CHANDLER	*Un mordu* (Folio n° 3926)
I. DE CHARRIÈRE	*Sir Walter Finch et son fils William* (Folio n° 4708)
J. CHEEVER	*Une Américaine instruite* précédé de *Adieu, mon frère* (Folio n° 4840)
G. K. CHESTERTON	*Trois enquêtes du Père Brown* (Folio n° 4275)
E. M. CIORAN	*Ébauches de vertige* (Folio n° 4100)
COLLECTIF	*Au bonheur de lire* (Folio n° 4040)

COLLECTIF	*Au pied du sapin* (Folio n° 5122)
COLLECTIF	*« Dansons autour du chaudron »* (Folio n° 4274)
COLLECTIF	*Des mots à la bouche* (Folio n° 3927)
COLLECTIF	*« Il pleut des étoiles »* (Folio n° 3864)
COLLECTIF	*« Leurs yeux se rencontrèrent... »* (Folio n° 3785)
COLLECTIF	*L'œil du serpent.* Contes folkloriques japonais (Folio n° 5060)
COLLECTIF	*« Ma chère Maman... »* (Folio n° 3701)
COLLECTIF	*« Mon cher Papa... »* (Folio n° 4550)
COLLECTIF	*« Mourir pour toi »* (Folio n° 4191)
COLLECTIF	*« Parce que c'était lui ; parce que c'était moi »* (Folio n° 4097)
COLLECTIF	*« Que je vous aime, que je t'aime ! »* (Folio n° 4841)
COLLECTIF	*Sur le zinc* (Folio n° 4781)
COLLECTIF	*Un ange passe* (Folio n° 3964)
COLLECTIF	*1, 2, 3... bonheur !* (Folio n° 4442)
A. CONAN DOYLE	*L'interprète grec* et autres aventures de Sherlock Holmes (Folio n° 5013)
A. CONAN DOYLE	*Une affaire d'identité* et autres aventures de Sherlock Holmes (Folio n° 5015)
CONFUCIUS	*Les Entretiens* (Folio n° 4145)
J. CONRAD	*Jeunesse* (Folio n° 3743)
J. CONRAD	*Le retour* (Folio n° 4737)
F. CONROY	*Le cas mystérieux de R.* et autres nouvelles (Folio n° 5014)
B. CONSTANT	*Le Cahier rouge* (Folio n° 4639)
J. CORTÁZAR	*L'homme à l'affût* (Folio n° 3693)

J. CORTÁZAR	*La porte condamnée* et autres nouvelles fantastiques (Folio n° 4912)
J. CRUMLEY	*Tout le monde peut écrire une chanson triste* et autres nouvelles (Folio n° 4443)
D. DAENINCKX	*Ceinture rouge* précédé de *Corvée de bois* (Folio n° 4146)
D. DAENINCKX	*Leurre de vérité* et autres nouvelles (Folio n° 3632)
D. DAENINCKX	*Petit éloge des faits divers* (Folio n° 4788)
R. DAHL	*Gelée royale* précédé de *William et Mary* (Folio n° 4041)
R. DAHL	*L'invité* (Folio n° 3694)
R. DAHL	*Le chien de Claude* (Folio n° 4738)
S. DALI	*Les moustaches radar (1955-1960)* (Folio n° 4101)
V. DELECROIX	*Petit éloge de l'ironie* (Folio n° 5123)
M. DÉON	*Une affiche bleue et blanche* et autres nouvelles (Folio n° 3754)
R. DEPESTRE	*L'œillet ensorcelé* et autres nouvelles (Folio n° 4318)
R. DETAMBEL	*Petit éloge de la peau* (Folio n° 4482)
P. K. DICK	*Ce que disent les morts* (Folio n° 4389)
P. K. DICK	*Petit déjeuner au crépuscule* et autres nouvelles (Folio n° 5124)
D. DIDEROT	*Lettre sur les aveugles à l'usage de ceux qui voient* (Folio n° 4042)
F. DOSTOÏEVSKI	*La femme d'un autre et le mari sous le lit* (Folio n° 4739)
R. DUBILLARD	*Confession d'un fumeur de tabac français* (Folio n° 3965)
A. DUMAS	*La Dame pâle* (Folio n° 4390)

I. EBERHARDT	*Amours nomades* (Folio n° 4710)
M. ELIADE	*Incognito à Buchenwald...* précédé de *Adieu !...* (Folio n° 4913)
M. EMBARECK	*Le temps des citrons* (Folio n° 4596)
S. ENDO	*Le dernier souper* et autres nouvelles (Folio n° 3867)
ÉPICTÈTE	*De la liberté* précédé de *De la profession de Cynique* (Folio n° 4193)
W. FAULKNER	*Le Caïd* et autres nouvelles (Folio n° 4147)
W. FAULKNER	*Une rose pour Emily* et autres nouvelles (Folio n° 3758)
C. FÉREY	*Petit éloge de l'excès* (Folio n° 4483)
F. S. FITZGERALD	*L'étrange histoire de Benjamin Button* suivi de *La lie du bonheur* (Folio n° 4782)
F. S. FITZGERALD	*La Sorcière rousse* précédé de *La coupe de cristal taillé* (Folio n° 3622)
F. S. FITZGERALD	*Une vie parfaite* suivi de *L'accordeur* (Folio n° 4276)
É. FOTTORINO	*Petit éloge de la bicyclette* (Folio n° 4619)
C. FUENTES	*Apollon et les putains* (Folio n° 3928)
C. FUENTES	*La Desdichada* (Folio n° 4640)
GANDHI	*La voie de la non-violence* (Folio n° 4148)
F. GARCÍA LORCA	*Romancero gitan* suivi de *Chant funèbre pour Ignacio Sanchez Mejias* (Folio n° 5061)
R. GARY	*Les trésors de la mer Rouge* (Folio n° 4914)
R. GARY	*Une page d'histoire* et autres nouvelles (Folio n° 3753)

J.-B. GENDARME	*Petit éloge des voisins* (Folio n° 5125)
MADAME DE GENLIS	*La Femme auteur* (Folio n° 4520)
A. GIDE	*Souvenirs de la cour d'assises* (Folio n° 4842)
J. GIONO	*Arcadie… Arcadie…* précédé de *La pierre* (Folio n° 3623)
J. GIONO	*Notes sur l'affaire Dominici* suivi de *Essai sur le caractère des personnages* (Folio n° 4843)
J. GIONO	*Prélude de Pan* et autres nouvelles (Folio n° 4277)
V. GOBY	*Petit éloge des grandes villes* (Folio n° 4620)
N. GOGOL	*Une terrible vengeance* (Folio n° 4395)
W. GOLDING	*L'envoyé extraordinaire* (Folio n° 4445)
W. GOMBROWICZ	*Le festin chez la comtesse Fritouille* et autres nouvelles (Folio n° 3789)
H. GUIBERT	*La chair fraîche* et autres textes (Folio n° 3755)
E. HEMINGWAY	*L'étrange contrée* (Folio n° 3790)
E. HEMINGWAY	*Histoire naturelle des morts* et autres nouvelles (Folio n° 4194)
E. HEMINGWAY	*La capitale du monde* suivi de *L'heure triomphale de Francis Macomber* (Folio n° 4740)
C. HIMES	*Le fantôme de Rufus Jones* et autres nouvelles (Folio n° 4102)
E. T. A. HOFFMANN	*Le Vase d'or* (Folio n° 3791)
A. HUXLEY	*Le jeune Archimède* précédé de *Les Claxton* (Folio n° 4915)
J.-K. HUYSMANS	*Sac au dos* suivi de *À vau l'eau* (Folio n° 4551)
P. ISTRATI	*Mes départs* (Folio n° 4195)

H. JAMES	*Daisy Miller* (Folio n° 3624)
H. JAMES	*Le menteur* (Folio n° 4319)
H. JAMES	*De Grey, histoire romantique* (Folio n° 4957)
R. JAUFFRET	*Ce que c'est que l'amour* et autres microfictions (Folio n° 4916)
JI YUN	*Des nouvelles de l'au-delà* (Folio n° 4326)
T. JONQUET	*La folle aventure des Bleus...* suivi de *DRH* (Folio n° 3966)
F. KAFKA	*Lettre au père* (Folio n° 3625)
P. KÉCHICHIAN	*Petit éloge du catholicisme* (Folio n° 4958)
J. KEROUAC	*Le vagabond américain en voie de disparition* précédé de *Grand voyage en Europe* (Folio n° 3694)
J. KESSEL	*Makhno et sa juive* (Folio n° 3626)
J. KESSEL	*Une balle perdue* (Folio n° 4917)
R. KIPLING	*La marque de la Bête* et autres nouvelles (Folio n° 3753)
N. KUPERMAN	*Petit éloge de la haine* (Folio n° 4789)
J.-M. LACLAVETINE	*Petit éloge du temps présent* (Folio n° 4484)
MADAME DE LAFAYETTE	*Histoire de la princesse de Montpensier* et autres nouvelles (Folio n° 4876)
J. DE LA FONTAINE	*Comment l'esprit vient aux filles* et autres contes libertins (Folio n° 4844)
LAO SHE	*Histoire de ma vie* (Folio n° 3627)
LAO SHE	*Le nouvel inspecteur* suivi de *Le croissant de lune* (Folio n° 4783)
LAO-TSEU	*Tao-tö king* (Folio n° 3696)

V. LARBAUD	*Mon plus secret conseil...* (Folio n° 4553)
B. LECLAIR	*Petit éloge de la paternité* (Folio n° 5126)
J. M. G. LE CLÉZIO	*Peuple du ciel* suivi de *Les bergers* (Folio n° 3792)
M. LERMONTOV	*La Princesse Ligovskoï* (Folio n° 4959)
LIE-TSEU	*Sur le destin* et autres textes (Folio n° 4918)
J. LONDON	*La piste des soleils* et autres nouvelles (Folio n° 4320)
P. LOTI	*Les trois dames de la Kasbah* suivi de *Suleïma* (Folio n° 4446)
H. P. LOVECRAFT	*La peur qui rôde* et autres nouvelles (Folio n° 4194)
H. P. LOVECRAFT	*Celui qui chuchotait dans les ténèbres* (Folio n° 4741)
P. MAGNAN	*L'arbre* (Folio n° 3697)
K. MANSFIELD	*Mariage à la mode* précédé de *La Baie* (Folio n° 4278)
MARC AURÈLE	*Pensées (Livres I-VI)* (Folio n° 4447)
MARC AURÈLE	*Pensées (Livres VII-XII)* (Folio n° 4552)
G. DE MAUPASSANT	*Apparition* et autres contes de l'étrange (Folio n° 4784)
G. DE MAUPASSANT	*Le Verrou* et autres contes grivois (Folio n° 4149)
I. McEWAN	*Psychopolis* et autres nouvelles (Folio n° 3628)
H. MELVILLE	*Les Encantadas, ou Îles Enchantées* (Folio n° 4391)
P. MICHON	*Vie du père Foucault – Vie de Georges Bandy* (Folio n° 4279)

H. MILLER — *Lire aux cabinets* précédé de *Ils étaient vivants et ils m'ont parlé* (Folio n° 4554)

H. MILLER — *Plongée dans la vie nocturne...* précédé de *La boutique du Tailleur* (Folio n° 3929)

R. MILLET — *Petit éloge d'un solitaire* (Folio n° 4485)

S. MINOT — *Une vie passionnante* et autres nouvelles (Folio n° 3967)

Y. MISHIMA — *Dojoji* et autres nouvelles (Folio n° 3629)

Y. MISHIMA — *Martyre* précédé de *Ken* (Folio n° 4043)

Y. MISHIMA — *Papillon* suivi de *La lionne* (Folio n° 4845)

M. DE MONTAIGNE — *De la vanité* (Folio n° 3793)

E. MORANTE — *Donna Amalia* et autres nouvelles (Folio n° 4044)

A. DE MUSSET — *Emmeline* suivi de *Croisilles* (Folio n° 4555)

A. DE MUSSET - G. SAND — *« Ô mon George, ma belle maîtresse... »* (Folio n° 5127)

V. NABOKOV — *Un coup d'aile* suivi de *La Vénitienne* (Folio n° 3930)

I. NÉMIROVSKY — *Ida* suivi de *La comédie bourgeoise* (Folio n° 4556)

P. NERUDA — *La solitude lumineuse* (Folio n° 4103)

G. DE NERVAL — *Pandora* et autres nouvelles (Folio n° 4742)

F. NIWA — *L'âge des méchancetés* (Folio n° 4444)

G. OBIÉGLY — *Petit éloge de la jalousie* (Folio n° 4621)

Composition Nord Compo
Impression Novoprint
à Barcelone, le 14 décembre 2010
Dépôt légal : décembre 2010

ISBN 978-2-07-044083-2./Imprimé en Espagne.

178864